乡村教师

刘慈欣 等◎著

北方联合出版传媒(集团)股份有限公司
万卷出版有限责任公司

© 刘慈欣等 2022

图书在版编目（CIP）数据

乡村教师 / 刘慈欣等著 . -- 沈阳 : 万卷出版有限
责任公司 , 2022.7
ISBN 978-7-5470-5960-9

Ⅰ . ①乡… Ⅱ . ①刘… Ⅲ . ①幻想小说－小说集－中
国－当代 Ⅳ . ① I247.7

中国版本图书馆 CIP 数据核字 (2022) 第 061922 号

出 品 人：王维良
出版发行：北方联合出版传媒（集团）股份有限公司
　　　　　万卷出版有限责任公司
　　　　　（地址：沈阳市和平区十一纬路 29 号　邮编：110003）
印 刷 者：北京欣睿虹彩印刷有限公司
经 销 者：全国新华书店
幅面尺寸：145mm×210mm
字　　数：240 千字
印　　张：8.625
出版时间：2022 年 7 月第 1 版
印刷时间：2022 年 7 月第 1 次印刷
责任编辑：王　越
责任校对：张　莹
装帧设计：平　平
ISBN 978-7-5470-5960-9
定　　价：48.00 元
联系电话：024-23284090
传　　真：024-23284448

目录

乡村教师 / 刘慈欣

银河系战争离我们有多远

他知道，这最后一课要提前讲了。

又一阵剧痛从肝部袭来，使他几乎晕厥过去。他已没有气力下床了，便艰难地挪向床边的窗口。月光映在窗纸上，银亮亮的，使小小的窗户看上去像是通向另一个世界的门。那个世界的一切一定都是银亮亮的，如同用银子和不冻人的雪做成的盆景。他颤颤地抬起头，从窗纸的破洞中望出去，幻觉立刻消失了，他看到了远处自己度过了一生的村庄。

村庄静静地卧在月光下，像是百年前就没了人似的。那些黄土高原上特有的平顶小屋，形状同村子周围的黄土包没啥区别，在月夜中颜色都一样，整个村子仿佛已融入这黄土坡之中。只有村前那棵老槐树看得很清楚，树上干枯枝杈间的几个老鸦窝更是黑黑的，像是落在这暗银色画面上的几滴醒目的墨点……其实，村子也有美丽温暖的时候。比如秋收时，外面打工的男人、女人大都回来了，村里有了人声和笑声，家家屋顶上堆着金灿灿的玉米，打谷场上娃们在秸秆堆里打滚。再比如过年的时候，打谷场被汽灯照得通亮，在那里连着几天闹红火，摇旱船，舞狮子。那几个狮子只剩下咔嗒作响的木头脑壳，上面的油漆都脱了，村里没钱置新狮子皮，就用几张床单代替，人们玩得也挺高兴……但正月十五一过，村里的青壮年都外出打工挣生活去了，村子一下没了生气。只有每天黄昏，当稀稀拉拉的几缕炊烟升起时，村头可能出现一两个老人，扬起山核桃一样的脸，眼巴巴地望着那条通向山外的路，直到在老槐树上挂着的最后一抹夕阳消失。天黑后，村里早早就没了灯光——娃娃和老人睡得都早，电费贵，现在到一块八一度了。

这时，村里隐约传出一声狗叫，声音很轻，好像那狗在说梦话。他看着村子周围月光下的黄土地，突然觉得那仿佛是纹丝不动的水面。要真是水就好了，今年是连着第五个旱年了，要想有收成，又要挑水浇地了。想起田地，他的目光向更远的地方移去。那些小块的山田，月光下如同巨人登山时留下的一个个脚印。在这座只长荆条和毛蒿的石头山上，田也只能是这么东一小块西一小块的。别说农机，连牲口都转不开身，只能凭人力耕种。去年一家农机厂到这儿来，推销一种微型手扶拖拉机，说可以在这些巴掌大的地里干活儿。那东西真是不错，可村里人说他们这是闹笑话哩！他们想过那些巴掌地能产出多少东西来吗？就是绣花似的种，能种出一年的口粮就不错了，遇上这样的旱年，可能种子钱都收不回来！为这样的田买那三五千一台的拖拉机，再搭上两块多一升的柴油？唉，这山里人的难处，外人哪能知晓？

这时，窗前走过了几个小小的黑影，在不远的田垄上围成一圈蹲了下来，不知要干什么。他知道他们都是自己的学生。其实只要他们在近旁，不用眼睛他也能感觉到他们的存在，这直觉是他用一生积累出来的，只是在这生命的最后时间里更敏锐了。

他甚至能认出月光下的那几个孩子，其中肯定有刘宝柱和郭翠花。这两个孩子都是本村人，本来不必住校的，但他还是收他们住了。刘宝柱的爹十年前买了个川妹子成亲，生了宝柱，五年后娃大了，对那女人看得也松了，结果有一天她跑回四川了，还卷走了家里所有的钱。那以后，宝柱爹也变得不成样儿了，开始是赌，同村子里那几个老光棍一样，把自家折腾得只剩四堵墙一张床；然后是喝，每天晚上都用八毛钱一斤的地瓜烧把自己灌得烂醉，拿孩子出气，每天一小揍、三天一大揍，上个月的一天半夜，抡了根烧火棍差点把宝柱的命要了。郭翠花更惨了。要说她妈还是正经娶来的，在这儿可是个稀罕事，男人也很荣光了。可好景不长，喜事刚办完，大家就发现她妈是个疯子，之所以迎亲时没看出来，大概是吃了什么药。本来嘛，好端端的女人哪会到这穷得鸟都不拉屎的地方来? 但不管怎么说, 翠花还是生下来了, 并艰难地长大。但她那疯妈妈的病也越来越重, 犯起病来, 白天拿菜刀砍人, 晚上放火烧房, 更多的时间是阴森森地笑, 那声音让人汗毛直竖……

剩下的都是外村的孩子了。他们的村子距这里最近的也有二十里山路, 只能住校。在这所简陋的乡村小学里, 他们一住就是一个学期。娃们来时, 除了带自己的铺盖, 每人还背了一袋米或面, 十多个孩子在学校的那个大灶做饭吃。当冬夜降临时, 娃们围在灶边, 看着菜面糊糊在大铁锅中翻腾, 灶膛里秸秆橘红色的火光映在他们脸上……这是他一生中看到过的最温暖的画面, 他会把这画面带到另一个世界。

窗外的田垄上, 在那圈娃们中间, 亮起了几点红色的小火星。在这一片银灰色的月夜背景上, 火星的红色格外醒目。这些娃在烧香, 接着他们又烧起纸来, 这使他又想起了那灶边的画面。他脑海中还出现了另一个类似的画面: 当学校停电时(可能是因为线路坏了, 但大多数时间是因为交不起电费), 他给娃们上晚课, 手里举着一根蜡烛照着黑板。"看得见不?"他问。"看不见!"娃们总是这样回答。那么一点点亮光, 确实难看清, 但娃们缺课多, 晚课是必须上的。于是, 他再点上一根蜡, 手里两根蜡一齐举着。"还是看不见!"娃们喊。于是他再点上一根, 虽然还是看不清,但娃们不喊了，他们知道再喊老师也不会加蜡了——蜡太多了也是点不起的。烛光中，他看到下面娃们的面容时隐时现，像一群用自己的全部生命拼命挣脱黑暗的小虫虫。

娃们和火光，娃们和火光，总是娃们和火光，总是夜中的娃们和火光，这是这个世界深深刻在他脑子中的画面，但他始终不明其含义。

他知道娃们是在为他烧香和烧纸，他们以前多次这么干过，只是这次，他已没有力气斥责他们迷信了。他用尽了一生在娃们的心中燃起科学和文明的火苗，但他明白，同笼罩着这偏远山村的愚昧和迷信相比，那火苗是那么弱小，就像那深山冬夜中教室里的那根蜡烛。半年前，村里的一些人来到学校，要从本来已很破旧的校舍取下椽子木，说是修村头的老君庙用；问他们校舍没顶了，娃们以后住哪儿，他们说可以睡教室里嘛。他说那教室四面漏风，大冬天能住？他们说反正都是外村人。他拿起一根扁担和他们拼命，结果被人家打断了两根肋骨。好心人抬着他走了三十多里山路，送到了镇医院。

就是在那次检查伤势时，意外发现他患了食道癌。这并不稀奇，这一带是食道癌高发区。镇医院的医生恭喜他因祸得福，因为他的食道癌现处于早期，还未扩散，动手术就能治愈。食道癌是手术治愈率最高的癌症之一，他算捡了条命。

于是，他去了省城，去了肿瘤医院，在那里，他问医生动一次这样的手术要多少钱。医生说像你这样的情况可以住我们的扶贫病房，其他费用也可适当减免，最后下来不会太多的，也就两万多元吧。想到他来自偏远山区，医生接着很详细地给他介绍住院手续怎么办。他默默地听着，突然问："要是不手术，我还有多长时间？"

医生呆呆地看了他好一阵儿，才说："半年吧。"他长出了一口气，好像得到了很大安慰。

至少能送走这届毕业班了。

他真的拿不出这两万多元。民办教师工资很低，干了这么多年，孤身一人无牵无挂，按说也能攒下一些钱了。只是他把钱都花在娃们身上了。他已记不清给多少学生代交了学杂费，最近的就有刘宝柱和郭翠花。更多的时候，他看到娃们的饭锅里没有多少油星星，就用自己的工资买些肉和猪油回来……反正到现在，他全部的钱也只有手术所需费用的十分之一。

沿着省城那条宽长的大街，他向火车站走去。这时，天已黑了，城市的霓虹灯开始发出迷人的光芒，多彩而斑斓，让他迷惑。还有那些高楼，一入夜就变成了一盏盏高耸入云的巨大彩灯。音乐声在夜空中飘荡，疯狂的，轻柔的，走一段一个样。

就在这个不属于他的世界里，他慢慢地回忆起自己不算长的一生。他很坦然，各人有各人的命。早在 20 年前初中毕业回到山村小学时，他就选定了自己的命。再说，他这条命很大一部分是另一位乡村教师给的。他就是在自己现在任教的这所小学度过童年的。他爹妈死得早，那所简陋的乡村小学就是他的家。他的小学老师把他当亲儿子待，日子虽然穷，但他的童年并不缺少爱。那年，放寒假了，老师要把他带回自己的家里过冬。老师的家很远，他们走了很长的积雪的山路，看到老师家所在的村子的一点灯光时，已是半夜了。他们身后不远处浮现出四点绿莹莹的亮光，那是两双狼眼。那时山里有很多狼，学校周围就能看到一堆堆狼屎。有一次他淘气，把那灰白色的东西点着扔进教室，浓浓的狼烟充满了教室，把娃们都呛得跑了出来，让老师很生气。现在，那两只狼向他们慢慢逼近，老师折下一根粗树枝，挥动着它，拦住狼的来路，同时大声喊着让他向村里跑。他当时吓糊涂了，只顾跑，只想着那狼会不会绕过老师来追他，没想着会不会遇到其他的狼。他上气不接下气地跑进村子，同几个拿猎枪的汉子去接老师，却发现他躺在一片已冻成糊状的血泊中，半条腿和整只胳膊都被狼咬掉了。老师在送往镇医院的路上就咽了气。在火把的光芒中，他看到了老师的眼睛，老师的腮帮被深深地咬下一大块，已说不出话，但用目光把一种心急如焚的牵挂传给了他。他读懂了那牵挂，记住了那牵挂。

初中毕业后，他放弃了在镇政府里一个不错的工作机会，直接回到了这个举目无亲的山村，回到了老师牵挂的这所乡村小学。这时，学校因为没有教师已荒废好几年了。

　　前不久，教委出台新政策，取消了民办学校，其中的一部分经考试考核转为公办。当他拿到教师证时，知道自己已成为一名国家承认的小学教师了，很高兴，但也只是高兴而已，不像别的同事那么激动。他不在乎什么民办、公办，只在乎那一批又一批的娃，从他的学校读完了小学，走向生活。不管他们是走出山去还是留在山里，他们的生活同那些没上过一天学的娃总是有些不一样的。

　　他所在的山区，是这个国家最贫困的地区之一。但穷不是最可怕的，最可怕的是那里的人们对现状的麻木。记得，那是好多年前了，搞包产到户，村里开始分田，然后又分其他东西。对于村里唯一的一台拖拉机，油钱怎么出，出机时怎么分配，大伙总也谈不拢，最后大家唯一都能接受的办法是把拖拉机分了——真的分了，你家拿一个轮子、他家拿一根轴……再就是两个月前，有一家工厂来扶贫，给村里安了一台潜水泵，考虑到用电贵，人家还给带了一台小柴油机和足够的柴油。挺好的事儿，但人家前脚走，村里后脚就把机器都卖了，连泵带柴油机，只卖了一千五百块钱，全村吃了好几顿，算是过了个好年……一家皮革厂来买地建厂，村里什么都不清楚就把地卖了。那厂子建起后，硝皮子的毒水流进了河里，渗进了井里，人一喝了那些水就浑身起红疙瘩。就算这样也没人在乎，还沾沾自喜地说那地卖了个好价钱……村里那些娶不上老婆的光棍，每天除了赌就是喝，但不去种地。他们都能算清：县里每年总会有些救济，那钱算下来也比在那巴掌大的山地里刨一年土坷垃挣得多……没有文化，人们都变得下作了。穷山恶水固然让人灰心，但真正让人感到没指望的，是山里人那呆滞的目光。

他走累了，就在人行道边坐下来。他面前，是一家豪华的大餐馆，靠街的全是一整面透明玻璃，华丽的枝形吊灯把光芒投射到外面。整个餐馆像一个巨大的鱼缸，里面衣着华贵的客人则像一群多彩的观赏鱼。他看到在靠街的一张桌子旁坐着一个胖男人，头发和脸似乎都在冒油，看上去像用一大团表面涂了油的蜡做的。男人两旁各坐着一个身材高挑、穿着暴露的女郎，男人转头对一个女郎说了句什么，把她逗得哈哈大笑，男人跟着笑起来，另一个女郎则娇嗔地用两个小拳头捶那个男人……真没想到还有个子这么高的女孩子，秀秀的个儿，大概只到她们一半……他叹了口气。唉，又想起秀秀了。

秀秀是本村唯一没有嫁到山外的姑娘，也许是因为她从未出过山，怕外面的世界，也许是别的什么原因。他和秀秀好过两年多，最后那阵差点儿就成了。秀秀家里也通情达理，只要一千五百块的肚疼钱（生养费）。但后来，村子里出去打工的人赚了些钱回来，和他同岁的二蛋虽不识字但脑子活，去城里干起了挨家挨户清洗抽油烟机的活儿，一年下来竟赚了万把块。前年回来待了一个月，秀秀不知怎的就跟这个二蛋好上了。秀秀一家全是睁眼瞎，家里粗糙的干打垒墙壁上，除了贴着一团一团用泥巴和起来的瓜种子，还画着长长短短的道道儿，那是她爹多少年来记的账……秀秀没上过学，但自小对识文断字的人有好感，这是她同他好的主要原因。但二蛋的一瓶廉价香水和一串镀金项链就把这种好感全打消了。"识文断字又不能当饭吃。"秀秀对他说。虽然他知道识文断字是能当饭吃的，但具体到他身上，吃得确实比二蛋差好远，所以他也说不出什么。秀秀看他那样儿，转身走了，只留下一股让他皱鼻子的香水味。

和二蛋成亲一年后，秀秀生娃死了。他还记得那个接生婆，把那些锈不拉叽的刀刀铲铲放到火上烧一烧就向里捅。秀秀可倒霉了，血流了一铜盆，在送镇医院的路上就咽气了。成亲办喜事的时候，二蛋花了三万块，那排场在村里真是风光死了，可他怎么就舍不得花点儿钱让秀秀到镇医院去生娃呢？后来他一打听，这花费一般也就二三百，就二三百呀！但村里历来都是这样，生娃是从不去医院的。所以没人怪二蛋，秀秀就这命。后来他听说，比起二蛋妈来，她还算幸运。二蛋妈生二蛋时难产，二蛋爹从产婆那儿得知是个男娃，就决定只要娃了，于是，把二蛋妈放到驴子背上，让那驴子一圈圈地走，硬是把二蛋挤了出来。听当时看见的人说，血在院子里流了一圈……

想到这里，他长出了一口气，笼罩着家乡的愚昧和绝望使他窒息。

但娃们还是有指望的。对那些在冬夜寒冷的教室中盯着烛光照着的黑板的娃们来说，他也是蜡烛，不管能点多长时间，发出的光有多亮，他总算是从头点到尾了。

他站起身来继续走，没走多远就拐进了一家书店。城里就是好，还有夜里开门的书店。除了回程的路费，他把身上所有的钱都买了书，以充实他的乡村小学里那小小的图书室。半夜，提着两捆沉重的书，他踏上了回家的火车。

在距地球 5 万光年的远方，在银河系的中心，一场延续了 2 万年的星际战争已接近尾声。

那里的太空中渐渐出现了一个方形区域，仿佛灿烂群星的背景被剪出一个方口。这个区域的边长约 10 万千米，区域的内部是一种比周围太空更黑的黑暗，一种虚空中的虚空。从这黑色的正方形中，开始浮现出一些实体，它们形状各异，都有月球大小，呈耀眼的银色。这些物体越来越多，组成了一个整齐的立方体方阵。这银色的方阵庄严地驶出黑色正方形，构成了一幅挂在宇宙永恒墙壁上的镶嵌画。这幅画以绝对黑色的正方形天鹅绒为衬底，由纯净的耀眼的白银小构件镶嵌而成，仿佛是一首凝固的宇宙交响乐。渐渐地，黑色的正方形消融在星空中，群星填补了它的位置，银色的方阵庄严地悬浮在群星之间。

银河系碳基联邦的星际舰队，完成了本次巡航的第一次时空跃迁。

在舰队的旗舰上，碳基联邦的最高执政官看着眼前银色的金属大地，上面布满了错综复杂的纹路，像一块无限广阔的银色蚀刻电路板，不时有几个闪光的水滴状小艇出现在大地上，沿着纹路以令人目眩的速度行驶几秒钟，然后无声地消失在一口突然出现的深井中。时空跃迁带过来的太空尘埃被电离，成为一团团发着暗红色光的云，笼罩在银色大地的上空。

最高执政官以冷静著称，他周围那似乎永远波澜不惊的淡蓝色智能场就是他人格的象征。但现在，和周围的人一样，他的智能场也微微泛出黄光。

"终于结束了。"最高执政官的智能场振动了一下，把这个信息传送给站在他两旁的参议员和舰队统帅。

"是啊，结束了。战争的历程太长太长，以至于我们都忘记了它的开始。"参议员回答。

这时，舰队开始了亚光速巡航，它们的亚光速发动机同时启动，旗舰周围突然出现了几千个蓝色的太阳，银色的金属大地像一面无限广阔的镜子，把蓝太阳的数量又复制了一倍。

远古的记忆似乎被点燃了。其实，谁能忘记战争的开始呢？这记忆虽然传承了几百代，但在碳基联邦的万亿公民的脑海中，它仍那么鲜活，那么铭心刻骨。

2万年前的那一时刻，硅基帝国从银河系外围对碳基联邦发动全面进攻。在长达1万光年的战线上，硅基帝国的500多万艘星际战舰同时开始恒星蛙跳。每艘战舰都会先借助一颗恒星的能量打开一个时空虫洞，然后从这个虫洞跃迁至另一个恒星，再用这颗恒星的能量打开第二个虫洞继续跃迁……由于打开虫洞消耗了恒星大量的能量，恒星的光谱会暂时红移。当飞船完成跃迁后，恒星的光谱会渐渐恢复原状。当几百万艘战舰同时进行恒星蛙跳时，所产生的这种效应是十分恐怖的——银河系的边缘出现一条长达1万光年的红色光带，向银河系的中心移来。这个景象在光速视界是看不到的，但在超空间监视器上却能显示出来。那条由变色恒星组成的红带，如同一道1万光年长的血潮，向碳基联邦的疆域涌来。

碳基联邦最先接触硅基帝国攻击前锋的是绿洋星。这颗美丽的行星围绕着一对双星恒星运行，它的表面全部被海洋覆盖。那生机盎然的海洋中漂浮着由柔软的长藤植物构成的森林。温和美丽、身体晶莹透明的绿洋星人在这海中的绿色森林间轻盈地游动，创造了绿洋星伊甸园般的文明。突然，几万道刺目的光束从天而降，硅基帝国舰队开始用激光蒸发绿洋星的海洋。在很短的时间内，绿洋星变成了一口沸腾的大锅。这颗行星上包括五十亿绿洋星人在内的所有生物都在沸水中极度痛苦地死去，它们被煮熟的有机质使整个海洋变成了绿色的浓汤。最后，海洋全部蒸发了，昔日美丽的绿洋星变成了一个由厚厚蒸汽包裹着的地狱般的灰色行星。

这是一场几乎波及整个银河系的星际大战，是银河系中碳基和硅基文明之间惨烈的生存竞争，但双方谁都没有料到战争会持续2万银河年！

现在，除了历史学家，谁也记不清有百万艘以上战舰参加的大战役发生了多少次了。规模最大的一次超级战役是第二旋臂战役。战役在银河系第二旋臂中部进行，双方投入了上千万艘星际战舰。据历史记载，在那广漠的战场上，被引爆的超新星就达两千多颗。那些超新星像第二旋臂中部黑暗太空中怒放的焰火，使那里变成超强辐射的海洋，只有一群群幽灵似的黑洞漂行其间。战役的最后，双方的星际舰队几乎同归于尽。15000年过去了，第二旋臂战役现在听起来就像上古时代缥缈的神话，只有那仍然存在的古战场证明它确实发生过。但很少有飞船真正进入过古战场，那里是银河系中最恐怖的区域。这并不仅仅是因为辐射和黑洞。当时，双方数量多得难以想象的战舰为了进行战术机动，进行了大量的超短距离时空跃迁。据说，一些星际歼击机在空间格斗时，时空跃迁的距离竟短到令人难以置信的几千米！这样就把古战场的时空结构搞得千疮百孔，像一块内部被老鼠钻了无数长洞的大乳酪。飞船一旦误入这个区域，就可能在瞬间被畸变的空间扭成一根细长的金属绳，或压成一张面积有几亿平方千米、但厚度只有几个原子的薄膜，立刻便会被辐射狂风撕得粉碎。但更为常见的是飞船变为建造它们时的一块块钢板，或者旧得只剩下一个破外壳，内部的一切都变成古老灰尘。人在这里也可能瞬间回到胚胎状态或变成一堆白骨⋯⋯

但最后的决战不是神话，它就发生在一年前。在银河系第一和第二旋臂之间的荒凉太空中，硅基帝国集结了最后的力量。这支由150万艘星际战舰组成的舰队在自己周围构筑了半径一千光年的反物质云屏障。碳基联邦投入攻击的第一个战舰群刚完成时空跃迁就陷入了反物质云中。反物质云十分稀薄，但对战舰具有极大的杀伤力。碳基联邦的战舰立刻变成一个个刺目的火球，但它们仍奋勇冲向目标。每艘战舰都拖着长长的火尾，在后面留下一条发着荧光的航迹，这由 30 多万个火流星组成的阵列瞬间幻化成了碳硅战争中最为壮观、最为惨烈的画面。在反物质云中，这些火流星渐渐缩小，最后在距硅基帝国战舰阵列很近的地方消失了，但它们用自己的牺牲为后续的攻击舰队在反物质云中打开了一条通道。在这场战役中，硅基帝国最后的舰队被赶到银河系最荒凉的区域——第一旋臂的顶端。

现在，这支碳基联邦舰队将完成碳硅战争中的最后一项使命——在第一旋臂的中部建立一条 500 光年宽的隔离带。隔离带中的大部分恒星将被摧毁，以制止硅基帝国的恒星蛙跳。恒星蛙跳是银河系中大吨位战舰进行远距离快速攻击的唯一途径，而一次蛙跳的最大距离是 200 光年。隔离带一旦建立，硅基帝国的重型战舰要想进入银河系中心区域，就只能以亚光速跨越这 500 光年的距离。这样，硅基帝国实际上就被禁锢在第一旋臂顶端，再也无法对银河系中心区域的碳基文明构成任何严重威胁。

"我带来了联邦议会的建议，"参议员用振动的智能场对最高执政官说，"他们仍然强烈建议：在摧毁隔离带中的恒星前，对它们进行生命级别的保护甄别。"

"我理解议会。"最高执政官说，"在这场漫长的战争中，各种生命流出的血足够形成上千颗行星的海洋了。战后，银河系中最迫切需要重建的是对生命的尊重。这种尊重不仅是对碳基生命的，也是对硅基生命的。正是基于这种尊重，碳基联邦才没有彻底消灭硅基文明。但硅基帝国并没有这种对生命的感情。如果说碳硅战争之前，战争和征服对于它们还仅仅是一种本能和乐趣的话，那么现在这种东西已根植于它们的每个基因和每行代码之中，成为它们生存的终极目的。由于硅基生物对信息的存贮和处理能力远远高于我们，可以预测硅基帝国在第一旋臂顶端的恢复和发展将是神速的，所以我们必须在碳基联邦和硅基帝国之间建成足够宽的隔离带。在这种情况下，对隔离带中数以亿计的恒星进行生命级别的保护甄别是不现实的。第一旋臂虽属银河系中最荒凉的区域，但其拥有生命行星的恒星仍可能达到支持蛙跳的密度，这种密度足以支持中型战舰进行蛙跳，而即使只有一艘硅基帝国的中型战舰闯入碳基联邦的疆域，其可能造成的破坏也是巨大的。所以在隔离带中只能进行文明级别的甄别。我们不得不牺牲隔离带中某些恒星周围的低级生命——这是为了拯救银河系中更多的高级和低级生命。这一点我已向议会说明。"

参议员说："议会也理解您和联邦防御委员会，所以我带来的只是建议而不是法案。但隔离带中周围已形成 3C 级以上文明的恒星必须被保护。"

"这一点毋庸置疑。"最高执政官的智能场闪现出坚定的红色，"对隔离带中拥有行星的恒星文明检测将是十分严格的！"

舰队统帅的智能场第一次发出信息:"其实我觉得你们多虑了。第一旋臂是银河系中最荒凉的荒漠,那里不会有3C级以上文明。"

"但愿如此。"最高执政官和参议员同时发出了这个信息,他们智能场的共振使一道弧形的等离子体波纹向银色金属大地的上空扩散开去。

舰队开始了第二次时空跃迁,以近乎无限的速度奔向银河系第一旋臂。

夜深了,烛光中,全班的娃们围在老师的病床前。

"老师歇着吧,明儿个讲也行的。"一个男娃说。

他艰难地苦笑了一下,"明儿个有明儿个的课。"

他想,如果真能拖到明天当然好,那就再讲一堂课。但直觉告诉他怕是不行了。

他做了个手势,一个娃把一块小黑板放到他胸前的被单上。最后一个月,他就是这样把课讲下来的。他用软弱无力的手接过娃递过来的半截粉笔,吃力地把粉笔头放到黑板上,这时又一阵剧痛袭来,手颤抖了几下,粉笔嗒嗒地在黑板上敲出了几个白点儿。从省城回来后,他再也没去过医院。两个月后,他的肝部疼了起来,他知道癌细胞已转移到那儿了。这种疼痛越来越厉害,最后变成了压倒一切的痛苦。他一只手在枕头下摸索着,找出了一些止痛片，是最常见的用塑料长条包装的那种。对于癌症晚期的剧痛，这药已经没有任何作用。可能是由于精神暗示，他吃了后总觉得好一些。杜冷丁倒是也不算贵，但医院不让带出来用，就是带回来也没人给他注射。他像往常一样从塑料条上取下两片药来，但想了想，便把所有剩下的十二片全剥出来，一把吞了下去——他知道以后再也用不着吃药了。他又挣扎着想向黑板上写字，但头突然偏向一边，一个娃赶紧把盆接到他嘴边，他吐出了一口黑红的血，然后虚弱地靠在枕头上喘息着。

娃们中传出了低低的抽泣声。

他放弃了在黑板上写字的努力，无力地挥了一下手，让一个娃把黑板拿走。他开始说话，声音细若游丝。

"今天的课同前两天一样，也是初中的课。这本来不是教学大纲上要求的，但我想你们中的大部分人，这一辈子可能永远也听不到初中的课了，所以我最后讲一讲，也让你们知道稍深一些的学问是什么样子。昨天讲了鲁迅的《狂人日记》，你们肯定不大懂，不管懂不懂都要多看几遍，最好能背下来，等长大了，总会懂的。鲁迅是个很了不起的人，他的书每一个中国人都应该读读的，你们将来也一定找来读读。"

他累了，停下来喘息着歇歇，看着跳动的烛光。鲁迅写下的几段文字在他的脑海中浮现出来。那不是《狂人日记》中的，课本上没有，他是从自己那套本数不全、已经翻烂的《鲁迅全集》上读到的。许多年前读第一遍时，那些文字就深深地刻在了他的脑子里：

> 假如一间铁屋子，是绝无窗户而万难破毁的，里面有许多熟睡的人们，不久都要闷死了，然而是从昏睡入死灭，并不感到就死的悲哀。现在你大嚷起来，惊起了较为清醒的几个人，使这不幸的少数者来受无可挽救的临终的苦楚，你倒以为对得起他们么？

> 然而几个人既然起来，你不能说绝没有毁坏这铁屋的希望。

他用尽最后的力气，接着讲下去。

"今天我们讲初中物理。物理你们以前可能没有听说过，它讲的是物质世界的道理，是一门很深很深的学问。

"这课讲牛顿三定律。牛顿是从前英国的一个大科学家，他说了三句话，这三句话很神的，把人间天上所有东西的规律都包含进去了，上到太阳、月亮，下到流水、刮风，都跑不出这三句话划定的圈圈。用这三句话，可以算出什么时候日食，就是村里老人说的天狗吃太阳，一分一秒都不差的。人飞上月球，也要靠这三句话。这就是牛顿三定律。

"下面讲第一定律：当一个物体没有受到外力作用时，它将保持静止或匀速直线运动不变。"

娃们在烛光中默默地看着他，没有反应。

"就是说，你猛推一下谷场上那个石碾子，它就一直滚下去，滚到天边也不停下来。宝柱你笑什么？是啊，它当然不会那样，这是因为有摩擦力，摩擦力让它停下来。这世界上，没有摩擦力的环境可是没有的……"

是啊，他人生的摩擦力就太大了。在村里他是外姓人，本来就没什么分量，加上他这个倔脾气，这些年来把全村人都得罪了。他挨家挨户地拉人家的娃入学，跑到县里，把跟着爹做买卖的娃拉回来上学，拍着胸脯保证垫学费……这一切并没有赢得多少感激。关键在于，他对过日子的看法同周围的人太不一样，成天想的说的，都是些不着边际的事，这是最让人讨厌的。在查出病来之前，他曾跑县里，居然从教育局要回一笔维修学校的款子，村子里只拿走了一小部分，想过节请个戏班子唱两天戏，结果让他搅了，愣从县里拉了个副县长来，让村里把钱拿了回来，可当时戏台子都搭好了。学校倒是修了，但他扫了全村人的兴，以后的日子更难过。先是村里的电工——村长的侄子，把学校的电掐了，接着做饭取暖用的秸秆，村里也不给了，害得他扔下自己的地不种，一个人上山打柴。更别提后来拆校舍的房椽子那事了……这些摩擦力无所不在，让他心力交瘁，让他无法做匀速直线运动，他不得不停下来了。

也许，他就要去的那个世界是没有摩擦力的，那里的一切都是光滑可爱的，但那有什么意义？在那边，他的心仍留在这个充满灰尘和摩擦力的世界，留在这所他倾注了全部生命的乡村小学里。他不在了以后，剩下的两个教师也会离去，这所他用力推了一辈子的小学校就会像谷场上那个石碾子一样停下来。他陷入深深的悲哀，但不论在这个世界或是那个世界，他都无力回天。

"牛顿第二定律比较难懂，我们最后讲。下面先讲牛顿第三定律：当一个物体对第二个物体施加一个力，第二个物体也会对第一个物体施加一个力，这两个力大小相等，方向相反。"

娃们又陷入了长时间的沉默。

"听懂了没？谁说说？"

班上学习最好的赵拉宝说："我知道是啥意思，可总觉得说不通。晌午，我和李权贵打架，他把我的脸打得那么痛，肿起来了，所以作用力应该不相等的才对，我受的肯定比他大嘛！"

喘息了好一会儿，他才解释说："你痛是因为你的腮帮子比权贵的拳头软，它们相互的作用力还是相等的……"

他想用手比画一下，但手已抬不起来了。他感到四肢像铁块一样沉，这沉重感很快扩展到全身，他感到自己的躯体像要压塌床板，陷入地下似的。

时间不多了。

"目标编号：1033715。绝对目视星等：3.5。演化阶段：主星序偏上。发现两颗行星，平均轨道半径分别为 1.3 个和 4.7 个距离单位，在一号行星上发现生命。这是红 69012 舰的报告。"

碳基联邦星际舰队的 10 万艘战舰目前已散布在一条长 1 万光年的带状区域中，这就是正在建立的隔离带。工程刚刚开始，只是试验性地摧毁了 5000 颗恒星，其中拥有行星的只有 137 颗，而行星上有生命的这是第一颗。

"第一旋臂真是个荒凉的地方啊！"最高执政官感叹道。他的智能场振动了一下，用全息图隐去了脚下的旗舰和上方的星空，使他、舰队统帅和参议员悬浮于无际的黑色虚空中。接着，他调出了探测器发回的图像——虚空中出现了一个发着蓝光的火球，最高执政官的智能场出现一个白色的方框，那方框调整大小，圈住了这颗恒星并把它的图像隐去了，他们于是又陷入无边的黑暗之中。但这黑暗中有一个小小的黄色光点，图像的焦距开始大幅度调整，行星的图像以令人目眩的速度推向前去，很快占满了半个虚空，三个人都沉浸在它反射的橙黄色光芒中。

这是一颗被浓密大气包裹着的行星。在它那橙黄色的气体海洋上，汹涌的大气运动描绘出极端复杂的不断变幻的线条。行星图像继续移向前来，直到占据了整个虚空，三个人被橙黄色的气体海洋吞没了。探测器带着他们在浓雾中穿行，很快，雾气稀薄了一些，他们看到了这颗行星上的生命。

那是一群在浓密大气上层飘浮的气球状生物，表面有美丽的花纹，不停变幻着色彩和形状，时而呈条纹状，时而呈斑点状，不知这是不是一种可视语言。每个气球都有一条长尾，那长尾的末端不时炫目地闪烁一下，光沿着长尾传到气球上，化为一片弥漫的荧光。

"开始四维扫描！"红69012舰上的一名上尉值勤军官说。

一束极细的波束开始从上至下飞快地扫描那群气球。这束波只有几个原子粗细，但其波管内的空间维度比外部宇宙多一维。扫描数据传回舰上，在主计算机的内存中，那群气球被切成了几亿亿个薄片，每个薄片只有一个原子的厚度。在薄片上，每个夸克的状态都被精确地记录下来。

"开始数据镜像组合！"

在主计算机的内存中，那几亿亿个薄片按原有顺序叠加起来，很快组合成一群虚拟气球。在计算机内部广漠的数字宇宙中，这个行星上的那群生物体有了精确的复制品。

"开始3C级文明测试！"

在数字宇宙中，计算机敏锐地定位了气球的思维器官，它是悬在气球内部错综复杂的神经丛中间的一个椭圆体。计算机在瞬间分析了这个椭圆体的结构，并越过所有低级感官，直接同它建立了高速信息接口。

文明测试是从一个庞大的数据库中任意地选取试题，测试对象如果能答对其中3道，则测试通过。如果头3道题没有答对，测试者有两种选择：可以认为测试对象没有通过；继续测试，题数不限，直到测试对象答对的题数达到3道，这时可认为其通过测试。

"3C文明测试试题1号：请叙述你们已探知的组成物质的最小单元。"

"嘀嘀，嘟嘟嘟，嘀嘀嘀嘀。"气球回答。

"1号试题测试未通过。3C文明测试试题2号：你们观察到物体中热能的流向有什么特点？这种流向是否可逆？"

"嘟嘟嘟，嘀嘀，嘀嘀嘟嘟。"气球回答。

"2号试题测试未通过。3C文明测试试题3号：圆的周长和它的直径之比是多少？"

"嘀嘀嘀嘀嘟嘟嘟嘟嘟。"气球回答。

"3号试题测试未通过。3C文明测试试题4号……"

"到此为止吧，"当测试题数达到 10 道时，最高执政官说，"我们时间不多。"他转身对旁边的舰队统帅示意了一下。

"发射奇点炸弹！"舰队统帅命令。

奇点炸弹实际上是没有大小的，它是一个严格意义上的几何点，一个原子同它相比都是无穷大，虽然最大的奇点炸弹质量有上百亿吨，最小的也有几千万吨。当一颗奇点炸弹沿着长长的导轨从红 69012 舰的武器舱中滑出时，可以看到一个直径达几百米的发着幽幽荧光的球体，这荧光是周围的太空尘埃被吸入这个微型黑洞时产生的辐射。同恒星引力坍缩形成的黑洞不同，这些小黑洞在宇宙之初就形成了，它们是大爆炸前的奇点宇宙的微缩模型。碳基联邦和硅基帝国都有庞大的船队，游弋在银河系银道面外的黑暗荒漠搜集微型黑洞。有的海洋行星上的种群把这些船队戏称为"远洋捕鱼船队"，而这些船队带回的东西，是银河系中最具威力的武器之一，是迄今为止唯一能够摧毁恒星的武器。

奇点炸弹脱离导轨后，沿一条由母舰发出的力场束加速，直奔目标恒星。过了不长的一段时间，这颗灰尘似的黑洞高速射入了恒星表面火的海洋。想象在太平洋的中部突然出现一个半径 100 千米的深井，就可以大概把握这时的情形。巨量的恒星物质开始被吸入黑洞，汹涌的物质洪流从所有方向汇聚到一点并消失在那里。物质被吸入时产生的辐射在恒星表面形成了一团刺目的光球，仿佛给恒星戴上了一枚光彩夺目的钻石戒指。随着黑洞向恒星内部沉落，光团暗淡下来，可以看到它处于一个直径达几百万千米的大旋涡正中。那巨大的旋涡散射着光团的强光，缓缓转动着，呈现出飞速变幻的色彩，使恒星从这个方向看去仿佛是一张狰狞的巨脸。很快，光团消失了，旋涡也渐渐消失，恒星表面似乎又恢复了它原来的色彩和光度。但这只是毁灭前最后的平静。随着黑洞向恒星中心下沉，这个贪婪的饕餮者更疯狂地吞噬周围密度急剧增高的物质，在一秒钟内吸入的恒星物质总量可能相当于上百个中等行星。黑洞巨量吸入物质时产生的超强辐射向恒星表面蔓延，由于恒星物质的阻滞，只有一小部分到达了表面，其余辐射的能量留在了恒星内部，快速破坏着恒星的每一个细胞，从整体上把它飞快地拉离平衡态。从外部看，恒星的色彩在缓缓变化，从浅红色变为明黄色，从明黄色变为鲜艳的绿色，从绿色变为如洗的碧蓝，从碧蓝变为恐怖的紫色。这时，在恒星中心的黑洞产生的辐射能已远远大于恒星本身辐射的能量。随着更多的能量以非可见光的形式溢出恒星，紫色渐渐加深。这颗恒星看上去像太空中一个在忍受超级痛苦的灵魂。痛苦急剧增加，紫色已深到极限，这颗恒星用不到一个小时的时间走完了它未来几十亿年的旅程。

一团似乎吞没整个宇宙的强光闪起，然后慢慢消失。在原来恒星所在的位置上，可以看到一个急剧膨胀的薄球层，像一个被吹大的气球，这是被炸飞的恒星表面。随着薄球层体积的增大，它变得透明了，可以看到它内部的第二个膨胀的薄球层，然后又可以看到更深处的第三个薄球层……这个爆炸中的恒星，就像宇宙中突然显现的一个套一个的玲珑剔透的镂花玻璃球，其中最深处的薄球层的体积也是恒星原来体积的几十万倍。当爆炸恒星的第一层膨胀外壳穿过那个橙黄色行星时，它立刻升华了。其实，在恒星爆炸的壮丽场景中根本就看不到它。同那膨胀的恒星外壳相比，它只是一粒微不足道的灰尘，其大小甚至不能成为那几层镂花玻璃球上的一个小点。

"你们感到消沉？"舰队统帅问。他看到最高执政官和参议员的智能场暗了下来。

"又一个生命世界毁灭了，像烈日下的露珠。"

"那您就想想伟大的第二旋臂战役，当 2000 多颗超新星被引爆时，有 12 万个这样的世界同碳硅双方的舰队一起化为蒸气。阁下，时至今日，我们应该摆脱这种无谓的多愁善感了。"

参议员没有理会舰队统帅的话，径直对最高执政官说："这种对行星表面取随机点的检测方式是不可靠的，可能漏掉行星表面的文明特征。我们应该进行面积检测。"

最高执政官说："这一点我也同议会讨论过。在隔离带中我们要摧毁的恒星有上亿颗，其中大约有 1000 万个行星系，行星数量可能达 5000 万颗。我们时间紧迫，对每颗行星都进行面积检测是不现实的。我们只能尽量加宽检测波束，以增大随机点覆盖的面积。除此之外，只能祈祷隔离带中那些可能存在的文明在其星球表面的分布尽量均匀了。"

"下面我们讲牛顿第二定律……"

他心急如焚，极力想在有限的时间里给娃们多讲一些。

"一个物体的加速度，与它所受的力成正比，与它的质量成反比。首先，加速度，这是速度随时间的变化率，它与速度是不同的，速度大加速度不一定大，加速度大速度也不一定大。比如：一个物体现在的速度是 110 米每秒，2 秒后的速度是 120 米每秒，那么它的加速度就是 120 减 110 除 2，5 米每秒——呵，不对，5 米每秒的平方。另一个物体现在的速度是 10 米每秒，2 秒后的速度是 30 米每秒，那么它的加速度就是 30 减 10 除 2，10 米每秒平方。看，后面这个物体虽然速度小，但加速度大！呵，刚才说到平方，平方就是一个数自个儿乘自个儿……"

他惊奇于自己的头脑如此清晰，思维如此敏捷。他知道，自己生命的蜡烛已燃到根上，棉芯倒下了，把最后的一小块蜡全部引燃了，一团比以前的烛苗亮十倍的火焰熊熊燃烧起来。剧痛消失了，身体也不再沉重。其实，他已感觉不到身体的存在，他的全部生命似乎只剩下那个在疯狂运行的大脑。那个悬在空中的大脑竭尽全力，尽量多尽量快地把自己存贮的信息输出给周围的娃们，但靠说话来传输知识是来不及了。他产生了一个幻象：一把水晶样的斧子把自己的大脑无声地劈开，他一生中积累的那些知识——虽不是很多但他很看重的——像一把发光的小珠子毫无保留地落在地上，发出一阵悦耳的叮当声，娃们像见到过年的糖果一样抢那些小珠子……这幻象让他有一种幸福的感觉。

"你们听懂了没？"他焦急地问。他已经看不到周围的娃们，但还能听到他们的声音。

"我们懂了！老师快歇着吧！"

他感觉到那团最后的火焰在一点点地减弱，"我知道你们不懂，但你们把它背下来，以后慢慢会懂的。一个物体的加速度，与它所受的力成正比，与它的质量成反比。"

"老师，我们真懂了，求求你快歇着吧！"

他用尽最后的力气喊道："背呀！"

娃们抽泣着背了起来："一个物体的加速度，与它所受的力成正比，与它的质量成反比。一个物体的加速度，与它所受的力成正比，与它的质量成反比……"

这几百年前就在欧洲化为尘土的卓越头脑所产生的思想，以浓重西北方言的童音在 20 世纪中国最偏僻的山村中回荡，就在这声音中，那烛火灭了。

娃们围着老师已没有生命的躯体大哭起来。

"目标编号：500921473。绝对目视星等：4.71。演化阶段：主星序正中，带有八大行星。这是蓝 84210 号舰的报告。"

"一个精致完美的行星系。"舰队统帅赞叹道。

最高执政官很有同感，"是的，它的固态小体积行星和气液态大体积行星的配置很有韵律感。小行星带的位置恰到好处，像一条美妙的项链。还有最外侧那颗小小的甲烷冰行星，似乎是这首音乐最后一个余音未尽的音符，暗示着某种新周期的开始。"

"这是蓝 84210 号舰，将对最内侧 1 号行星进行生命检测，检测波束发射。该行星没有大气，自转缓慢，温差悬殊。1 号随机点检测，白色结果；2 号随机点检测，白色结果……10 号随机点检测，白色结果。蓝 84210 号舰报告，该行星没有生命。"

舰队统帅不以为意地说："这颗行星的表面温度可以当冶炼炉了，没必要浪费时间。"

"开始 2 号行星生命检测，波束发射。该行星有稠密大气，表面温度较高且均匀，大部为酸性云层覆盖。1 号随机点检测，白色结果；2 号随机点检测，白色结果……10 号随机点检测，白色结果。蓝 84210 号舰报告，该行星没有生命。"

通过四维通信，最高执政官对一千光年之外蓝84210号舰上的值勤军官说："直觉告诉我，3号行星有生命的可能性很大，在它上面检测30个随机点。"

"阁下，我们时间很紧了。"舰队统帅说。

"照我说的做。"最高执政官坚定地说。

"是，阁下。开始3号行星生命检测，波束发射。该行星有中等密度的大气，表面大部为海洋覆盖……"

来自太空的生命检测波束落到了亚洲大陆靠南一些的一点上，在地面上形成了一个直径约5000米的圆形。如果是在白天，肉眼有可能觉察到波束的存在，因为当波束到达时，在它的覆盖范围内，一切无生命的物体都将变成透明状态。现在它覆盖的中国西北的这片山区将如同水晶的山脉——阳光在这些山脉中折射，将是一幅十分奇异壮观的景象——大地也会变成深不可测的深渊。而被波束判断为有生命的物体则保持原状态不变，人、树木和草在这水晶世界中显得格外清晰醒目。但这状态只持续半秒钟，检测波束完成初始化后，一切就会恢复原状，旁观者肯定会认为自己产生了一瞬间的幻觉。但现在，这里正是深夜，自然难以觉察到什么了。

这所山村小学，正好位于检测波束圆形覆盖区的圆心上。

"1 号随机点检测，结果……绿色结果，绿色结果！蓝 84210 号舰报告，目标编号：500921473，第 3 号行星发现生命！"

检测波束对覆盖范围内的众多种类生命体进行分类。在以生命结构的复杂度和初步估计的智能等级进行排序的数据库中，一个方形掩蔽物下的一簇生命体排在首位。于是，波束迅速收缩，汇聚到那个掩蔽物上。

最高执政官的智能场接收到从蓝 84210 号舰上发回的图像，并把它放大到整个太空背景上。图像处理系统已经隐去了掩蔽物，但那簇生命体的图像仍不清晰。它们的外形太不醒目了，几乎同周围行星表面的以硅元素为主的黄色土壤融为一体。计算机只好把图像中所有的无生命部分，包括这些生命体中间的那具体形较大的已没有生命的躯体，全部隐去，那一簇生命体就这样悬浮在虚空之中。尽管如此，它们看上去仍是那么平淡、缺乏色彩，像一簇黄色的植物，一看就知道是那种在它们身上不会发生任何奇迹的生物。

一束纤细的四维波束从蓝 84210 号舰发射。这艘有一个月球大小的星际战舰正停泊在木星轨道之外，使太阳系暂时多了一颗行星。那束四维波束在三维太空中以接近无限的速度到达地球，穿过那所乡村小学校舍的屋顶，以基本粒子的精度对这 18 个孩子进行扫描。数据的洪流以人类难以想象的速率传回太空。很快，在蓝 84210 号舰主计算机的广阔内存中，孩子们的数字复制体形成了。

18 个孩子悬浮在一个无际的空间里，那空间呈现出一种无法形容的色彩——实际上那不是色彩，虚无是没有色彩的，虚无是透明中的透明。孩子们都不由得想拉住旁边的伙伴，但手却从伙伴身体里毫无阻力地穿过去了。孩子们感到了难以形容的恐惧。计算机觉察到了这一点，认为这些生命体需要一些熟悉的东西，于是为它们模拟出了这个行星天空的颜色。孩子们立刻看到了蓝天，没有太阳，没有云，更没有浮尘，只有蓝色，那么纯净，那么深邃。孩子们的脚下没有大地，也是与头顶一样的蓝天。他们似乎置身于一个无垠的蓝色宇宙中，而他们是这宇宙中唯一的实体。计算机感觉到，这些数字生命体仍然处于惊恐中。它用了亿分之一秒想了想，终于明白了：银河系中大多数生命体并不惧怕悬浮于虚空之中，但这些生命体不同，它们是大地上的生物。于是，它给了孩子们一个大地，并给了它重力感。孩子们惊奇地看着脚下突然出现的大地，它是纯白色的，上面有黑线画出的整齐方格。他们仿佛站在一个无限广阔的语文作业本上。他们中有人蹲下来摸摸地面，这是他们见过的最光滑的东西。他们迈开双脚走，但原地不动——这地面是绝对光滑的，摩擦力为零。他们很惊奇自己为什么不会滑倒。这时，有个孩子脱下自己的一只鞋子，沿着地面扔了出去。那鞋子以匀速直线运行向前滑去，孩子们呆呆地看着它以恒定的速度渐渐远去。

他们看到了牛顿第一定律。

有一个声音，空灵而悠扬，在这数字宇宙中回荡。

"开始3C级文明测试，3C文明测试试题1号：请叙述你所在星球生物进化的基本原理，是自然淘汰型还是基因突变型？"

孩子茫然地沉默着。

"3C文明测试试题2号：请简要说明恒星能量的来源。"

孩子茫然地沉默着。

……

"3C文明测试试题10号：请说明构成你们星球上液体海洋的分子构成。"

孩子仍然茫然地沉默着。

那只鞋在遥远的地平线处变成一个小黑点消失了。

"到此为止吧！"在1000光年之外，舰队统帅对最高执政官说，"不能再耽误时间了，否则我们肯定不能按时完成第一阶段的任务。"

最高执政官的智能场发出了微弱的表示同意的振动。

"发射奇点炸弹！"

载有命令信息的波束越过四维空间，瞬间到达了停泊在太阳系中的蓝84210号舰。那个发着幽幽荧光的雾球滑出了战舰前方长长的导轨，沿着看不见的力场束急剧加速，向太阳扑去。

最高执政官、参议员和舰队统帅把注意力转向了隔离带的其他区域，那里又发现了几个有生命的行星系，但其中最高级的生命是一种生活在泥浆中的无脑蠕虫。接连爆炸的恒星像宇宙中怒放的焰火，使他们想起了史诗般的第二旋臂战役。

不知过了多长时间，最高执政官智能场的一小部分下意识地游移到太阳系，他听到了蓝84210号舰舰长的声音："准备脱离爆炸威力圈，时空跃迁准备，30秒倒数！"

"等一下，奇点炸弹到达目标还需多长时间？"最高执政官说，舰队统帅和参议员的注意力也被吸引过来。

"它正越过内侧1号行星的轨道，大约还有十分钟。"

"用五分钟时间，再进行一些测试吧！"

"是，阁下。"

接着，他们听到了蓝84210号舰值勤军官的声音："3C文明测试试题11号：一个三维平面上的直角三角形，它的三条边的关系是什么？"

沉默。

"3C文明测试试题12号：你们的星球是你们行星系的第几颗行星？"

沉默。

"这没有意义,阁下。"舰队统帅说。

"3C 文明测试试题 13 号:当一个物体没有受到外力作用时,它的运行状态如何?"

数字宇宙广漠的蓝色空间中突然响起了孩子们清脆的声音:"当一个物体没有受到外力作用时,它将保持静止或匀速直线运动不变。"

"3C 文明测试试题 13 号通过! 3C 文明测试试题 14 号……"

"等等!"参议员打断了值勤军官,"下一道试题也出关于甚低速力学基本近似定律的。"他又问最高执政官,"这不违反测试准则吧?"

"当然不,只要是测试数据库中的试题。"舰队统帅代为回答。这些令他大感意外的生命体把他的注意力全部吸引过来了。

"3C 文明测试试题 14 号:请叙述相互作用的两个物体间力的关系。"

孩子们说:"当一个物体对第二个物体施加一个力,第二个物体也会对第一个物体施加一个力,这两个力大小相等,方向相反!"

"3C 文明测试试题 14 号通过! 3C 文明测试试题 15 号:对于一个物体,请说明它的质量、所受外力和加速度之间的关系。"

孩子们齐声说:"一个物体的加速度,与它所受的力成正比,与它的质量成反比!"

"3C 文明测试试题 15 号通过，文明测试通过！确定目标恒星 500921473 的 3 号行星上存在 3C 级文明。"

"奇点炸弹转向！脱离目标！"最高执政官的智能场急剧闪动着，用最大的能量把命令通过超空间传送到蓝 84210 号舰上。

在太阳系，推送奇点炸弹的力场束弯曲了。长达几亿千米的力场束此时像一根弓起的长杆，努力把奇点炸弹挑离，射向太阳的轨道。蓝 84210 号舰上的力场发动机以最大功率工作，巨大的散热片由暗红变为耀眼的白炽色。力场束向外的推力分量开始显示出效果，奇点炸弹的轨道开始弯曲，但它已越过水星轨道，距太阳太近了，谁也不知道这努力是否能成功。通过超空间直播，全银河系都在盯着那个模糊的雾团的轨迹。它的亮度急剧增大，这是一个可怕的迹象，说明炸弹已能感受到太阳外围空间粒子密度的增大。舰长的手已放到了那个红色的时空跃迁启动按钮上，以便飞速地在奇点炸弹击中太阳前的一刹那脱离这个空间。但奇点炸弹最终像一颗子弹一样擦过太阳的边缘。当它以仅几万米的高度掠过太阳表面时，由于黑洞吸入了太阳大气中大量的物质，亮度增到最大，太阳边缘出现了一个刺眼的蓝白色光球，使它在这一刻看上去像一个紧密的双星系统。这一奇观对人类而言将永远是个难解之谜。蓝白色光球飞速掠过时，其下太阳浩瀚的火海黯然失色。像一艘快艇掠过平静的水面，黑洞的引力在太阳表面划出了一道"V"形的划痕,波及半个太阳。奇点炸弹撞断了一条日珥,这条从太阳表面升起的百万千米长的美丽轻纱在高速冲击下碎成一群欢快舞蹈着的小小的等离子体旋涡……奇点炸弹掠过太阳后,亮度很快暗了下来,最后消失在茫茫太空的永恒之夜中。

"我们险些毁灭了一个碳基文明。"参议员长出一口气说。

"真是不可思议,在这么荒凉的地方竟会存在 3C 级文明!"舰队统帅感叹说。

"是啊,无论是碳基联邦,还是硅基帝国,其文明扩展和培植计划都不包括这一区域。如果这是一个自己进化的文明,那可是一件很不寻常的事。"最高执政官说。

"蓝 84210 号舰,你们继续留在那个行星系,对 3 号行星进行全表面文明检测,你舰前面的任务将由其他舰只接替。"舰队司令命令道。

同他们在木星轨道之外的数字复制品不一样,山村小学中的娃们丝毫没有觉察到什么。在那间校舍里的烛光下,他们只是围着老师的遗体哭啊哭。不知哭了多长时间,娃们最后安静下来。

"咱们去村里告诉大人吧!"郭翠花抽泣着说。

"那又咋的?"刘宝柱低着头说,"老师活着时,村里的人都腻歪他,这会儿肯定连棺材钱都没人给他出!"

最后，娃们决定自己掩埋自己的老师。他们拿起锄头、铁锹，开始在学校旁边的山地上挖墓坑。灿烂的群星在整个宇宙中静静地看着他们。

"天啊！这颗行星上的文明不是 3C 级，是 5B 级！"看着蓝 84210 号舰从一千光年之外发回的检测报告，参议员惊呼起来。

人类城市的摩天大楼群的影像在旗舰上方的太空中显现。

"他们已经开始使用核能，并用化学推进方式进入太空，甚至已登上了他们所在行星的卫星。"

"他们的基本特征是什么？"舰队统帅问。

"您想知道哪些方面？"蓝 84210 号舰上的值勤军官问。

"比如，这个行星上生命体记忆遗传的等级是多少？"

"他们没有记忆遗传，所有记忆都是后天取得的。"

"那么，他们的个体相互之间信息交流的方式是什么？"

"极其原始，也十分罕见。他们身体内有一种很薄的器官，在这个行星以氧氮为主的大气中，振动可产生声波，同时把要传输的信息调制到声波之中，接收方也用一种薄膜器官从声波中接收信息。"

"这种方式信息传输的速率是多大？"

"大约每秒 1 至 10 比特。"

"什么？"旗舰上听到这话的所有人都大笑起来。

"真的是每秒 1 至 10 比特，我们开始也不相信，但反复核实过。"

"上尉，你是个白痴吗？"舰队统帅大怒，"你是想告诉我们，一种没有记忆遗传，相互间用声波进行信息交流，并且是以令人难以置信的每秒 1 至 10 比特的速率进行交流的物种，能创造出 5B 级文明？而且这种文明是在没有任何外部高级文明培植的情况下自行进化的？"

"但，阁下，确实如此。"

"但在这种状态下，这个物种根本不可能在代际中积累和传递知识，而这是文明进化所必需的！"

"他们有一种个体，有一定数量，分布于这个种群的各个角落，这类个体充当着两代生命体之间知识传递的媒介。"

"听起来像神话。"

"不，"参议员说，"在银河文明的太古时代，确实有过这种个体，但即使在那时也极其罕见。除了我们这些星系文明进化史的专业研究者，很少有人知道。"

"你是说那种在两代生命体之间传递知识的个体？"

"他们叫教师。"

"教——师？"

"一个早已消失的太古文明单词，很生僻，在一般的古词汇数据库中都查不到。"

这时，从太阳系发回的全息影像焦距拉长，显示出蔚蓝色的地球在太空中正缓缓转动。

最高执政官说："在银河系联邦时代，独立进化的文明十分罕见，能进化到5B级的更是绝无仅有。我们应该让这个文明继续不受干扰地进化下去，对它的观察和研究，不仅有助于我们对太古文明的认识，对今天的银河文明也有启示。"

"那就让蓝84210号舰立刻离开那个行星系吧，并把这颗恒星周围一百光年的范围列为禁航区。"舰队统帅说。

北半球失眠的人，或许会看到星空突然微微抖动。那抖动从空中的一点发出，呈圆形向整个星空扩展，仿佛星空是一汪静水，有人用手指在水中央点了一下。

蓝84210号舰跃迁时产生的时空激波到达地球时已大大衰减，只让地球上所有的时钟都快了3秒，但在三维空间中的人类是不可能觉察到这一效应的。

"很遗憾，"最高执政官说，"如果没有高级文明的培植，他们还要在亚光速和三维时空中被禁锢两千年，至少还需一千年时间才能掌握和使用湮灭能量，两千年后才能通过多维时空进行通信。至于通过超空间跃迁进行宇宙航行，可能是五千年后的事了。至少要一万年，他们才具备加入银河系碳基文明大家庭的基础条件。"

参议员说："文明的这种孤独进化，是银河系太古时代才有的事。如果古老的记载正确，我那太古的祖先即生活在一个海洋行星的深海中。在黑暗世界的无数个王朝后，一个庞大的探险计划开始了。他们发射了第一艘外空飞船，那是一个透明的、充满浮力的小球，经过漫长的路程浮上海面。当时正是深夜，小球中的先祖第一次看到了星空……你们能够想象，那对他们而言是怎样的壮丽和神秘啊！"

最高执政官说："那是一个让人向往的时代。一粒灰尘样的行星对先祖来说都是一个无限广阔的世界。在那绿色的海洋和紫色的草原上，先祖敬畏地面对群星——这样的感觉我们已丢失千万年了。"

"可我现在又找回了它！"参议员指着地球的影像说。它那蓝色的晶莹球体上浮动着雪白的云纹，酷似一种来自祖先星球海洋中的美丽珍珠，"看这个小小的世界，它上面的生命体在过着自己的生活，做着自己的梦。对我们的存在，对银河系中的战争和毁灭全然不知。宇宙对他们来说，是希望和梦想的无限源泉。这真像一首来自太古时代的歌谣。"

他真的吟唱了起来。他们三人的智能场合为一体，漾起玫瑰色的波纹。那从遥远得无法想象的太古时代流传下来的歌谣听起来悠远、神秘、苍凉，通过超空间传遍了整个银河系。在这团由上千亿颗恒星组成的星云中，数不清的生命感受到了久违的温馨和宁静。

"宇宙的最不可理解之处在于它是可以理解的。"最高执政官说。

"宇宙的最可理解之处在于它是不可理解的。"参议员说。

在娃们造好那座新坟时，东方已经放亮了。老师是放在从教室拆下来的一块门板上下葬的，陪他入土的是两盒粉笔和一套已翻破的小学课本。娃们在那个小小的坟头上立了一块石板，上面用粉笔写着"李老师之墓"。

只要一场雨，石板上那稚拙的字迹就会消失。用不了多长时间，这座坟和长眠在里面的人就会被外面的世界忘得干干净净。

太阳从山后露出一角，把一抹金晖投进沉睡着的山村。在仍处于阴影中的山谷草地上，露珠闪着晶莹的光，可听到一两声怯生生的鸟鸣。

娃们沿着小路向村里走去，那一群小小的身影很快便消失在山谷淡蓝色的晨雾中。

他们将活下去，为了在这块古老贫瘠的土地上收获虽然微薄但确实存在的希望。

母亲 / 王晋康

以爱的名誉

第一章

14797，14798，14799……

白文姬在黑暗中默默地数着，攀着安全梯，一级一级地向上爬。中微子观察站距地面 9700 米，安全梯的梯级间隔为 0.4 米，大致算来，她要攀登 24250 级才能到达地面。所以，她强迫自己牢牢记住每次的计数，用来估计自己距地面还有多远。在一次又一次令人厌烦的重复中，尤其是在极度疲劳中，保证数数不出差错，并不是一件容易的事。

14800，14801……

安全梯很简陋，用一根根 U 型钢筋直接插入岩层。也许某一级插接不牢的梯级会使她从几千米的高处坠落，结束这场艰难的搏斗。不过，直到目前她所攀过的梯级都十分坚固。记得雷教授说建造地下中微子观察站时，还曾为设不设安全梯争论过，因为有人认为"从9700米的地下通过安全梯逃生"的概率小而又小。不过最后安全梯还是保留了下来，今天它成了白文姬的逃生之路。

14802，14803……

眼前的黑暗是彻底的，绝对的，看不见任何东西，即使拿手指在眼前晃动，也看不到一点黑影。她在黑暗中已待了很长时间，大概有3天了，极端的黑暗使她产生了顽固的错觉，似乎她的四肢已经消失，只余下头颅在向上飘浮。她常常停止攀登，用手摸一摸胳臂、小腿和脚趾，以便驱走心理幻觉。

14804，14805……

她已经不停息地攀登了多长时间？据她估计已超过了24小时，浑身的肌肉都已经僵硬，各个关节酸痛不堪。尽管步履艰难，但她还能一级一级地向上攀登，她想这要归功于她一直坚持健美锻炼，即使生下呱呱后，她也没忘及时恢复锻炼，迅速恢复体形。

想到呱呱，这个大嗓门的女孩，她心中不由得一凛。等她爬够24250级梯级，回到地面后，会看到什么样的情景？她赶紧驱走这些想法，驱走心中的阴郁和不祥。人总得为自己留一点希望，如果……她也许会失去攀登的勇气，也许她会干脆跳入9700米的黑暗之中。

刚才数到哪儿了？14806，14807……

实在太乏了，她把左臂插在钢筋中牢牢固定住身子，右手向背囊里摸出牛肉干，吃了两片，又摸出矿泉水喝了几口，然后把它们珍惜地装回背囊。从地下站开始攀登时，她没敢多带食物，因为在 1 万米的攀登中，每一克多余的重量都将成为重负。她只带了两天的食物，如果两天后不能到达地面呢？

太疲乏了，特别是脑袋太困了，已经两天两夜没合眼了。她决定稍稍睡一会儿，便从背囊里摸出早已备好的绳子，把自己捆在铁梯上，又把左臂穿过梯级与右臂抱紧，脑袋歪在臂环上。她先在心里默诵着刚才数过的级数：14807、14807、14807……等她确认这个数字在睡醒后不致忘记，便很快进入梦乡。

不过，她的睡觉姿势太别扭了，累得她噩梦连连。几天来的往事一直在她脑海中翻腾，没有片刻停息。

11 天前她和杜宾斯基到中微子观察站值班，这是她生下呱呱后的第一次值班。她是信奉自然哺乳的，所以有一年的时间不得不留在地面。她觉得，每天为呱呱哺乳实在是一种享受，呱呱用力吮吸着，吸得她的几根血管发胀，有一种麻酥酥的快感。呱呱总是一边吮吸，一边用小手摸着乳房，仰着头，静静地看着妈妈，时时绽放出一波微笑。呱呱真是个可爱的孩子，在断奶时，呱呱没有大哭大闹，不过她可怜兮兮的低声哭泣也让她心中发酸。她和呱呱总算闯过了断奶关。

杜宾斯基一看见她就睁大眼睛："我的天！"他夸张地喊着，"你还是那样漂亮！魔鬼的身材！"白文姬自豪地笑了。生下孩子后她立即开始恢复体形锻炼，她曾是全国健美大赛的季军，怎么能容许自己以臃肿的体形出门？她很快恢复往日的体形，只是胸脯更丰满了一些。杜宾斯基以口无遮拦著称，曾色迷迷地说："和白文姬在9700米的地下值班是最痛苦的经历，因为眼瞅着如此美色而不能抱入怀中，对一个男人来说实在是最大的折磨！"他半真半假地说。白文姬知道对付他的办法：

"谢谢你的夸奖。不过我知道我是很安全的，不用在脸上涂上墨汁或诸如此类的掩护。"

"为什么？"

"因为，"白文姬微笑着，"即使在9700米的地下，你也是受道德约束的一个男人，而不是处于发情期的雄性动物。"

杜宾斯基解嘲地说："谢谢你对我的崇高评价。"两人在地下长期相处时（每次值班为期一个月），这个好色的俄国佬的确没有任何侵犯性的动作。不过闲暇时他会毫无顾忌地盯着她，用目光一遍一遍刷过她的身体，"你不能阻止我欣赏你，这是我作为一个绅士、一个男人的最后底线。"他宣称。

白文姬嫣然一笑，默认了他的这种侵犯，仅仅是目光的侵犯。

总的说来，两人的合作倒是蛮愉快的。

位于地下 9700 米矿井深处的中微子观察站是用来观察太阳中微子的。中微子是太阳核炉中氢氦转变时所产生的，它呈电中性，几乎没有质量，可以轻而易举地穿越星球，因此对它的观察十分困难。不过，出于种种原因，科学家们需要仔细观察它，比如说，观察它是否有微小的质量。如果有，宇宙暗物质的总量就要大大增加；而暗物质的多少又可以决定宇宙将一直膨胀，还是最终转变为收缩。

这个中微子观察站是先进的镓观察站（镓同位素在吸收一个中微子后转变为锗，并能够被检测出来，镓观察法可以计数低能量中微子），而不是早先的四氯化烯观察站（氯同位素吸收一个中微子后转变为一个氩原子，并放出一个电子，从而可以被检测出来，但氯观察法只能计数高能量中微子）。至于把观察站设在 9700 米深的地下，则是为了彻底屏蔽掉宇宙射线的影响，防止实验出现误差。

37 吨价格昂贵的镓静静地待在地层深处，迎接那些穿越地层而来的太阳中微子。观察过程中需要有足够的耐心，因为多达 37 吨的镓每天最多只能捕获一个中微子，相比之下，足球比赛的进球是多么容易的事儿。所以，每当记录仪难得地出现一次脉冲，白文姬和杜宾斯基都会欢呼起来。

她和杜宾斯基是轮流值班，轮到她休息时，她总要给父母打几个电话（呱呱留在父母那儿），在电话中听一听小女儿口齿不清的呢喃。有时她也会给丈夫夏天风打电话，嘘寒问暖。她怕干扰工作，严禁丈夫往这儿打电话。

这几天是一个观察低潮期，整整两天，仪表上没有任何显示。那天晚上是杜宾斯基值班，但白文姬没有睡意，沐浴过后换了一件睡袍，独自到起居室看书。夜里10点，电话铃响了，她拿起听筒，按下屏幕开关，屏幕上显示的是兴奋欲狂的丈夫。她的第一个念头是，丈夫违犯了不准往这儿打电话的禁令，看来一定是出了什么大事。丈夫劈头喊道：

"文姬，发现了外星飞船！"

白文姬笑了，斜过目光，瞥了瞥自己手中的小说，那是阿西莫夫的长篇科幻小说《基地》。她问："什么名字？"

丈夫愣了："什么什么名字？"

"我问你说的是哪一部科幻影片的内容。"

"不，不是科幻影片，也不是科幻小说，这是真的。发——现——了——外——星——飞——船！"丈夫一字一顿地念道，"两个小时前刚发现的，是用光学望远镜直接观察到的，它离地球仅仅有一个月的距离。当然，这都是粗略的估算。科学家和政府首脑全都乱作一团了！"

"有多少艘飞船？"

"一艘。"

"现在在哪儿？"

"在麦哲伦星云方向，具体距离有待测算，可以肯定已经进入了太阳系。"

"尝试联系了吗？"

"还没有。要知道，没有任何国家的政府准备有应急方案！他们全都乱了方寸！"

挂上电话，电话铃又急骤地响了，这回是地面站打来的，同样的内容。放下电话，她冲进值班室，亢奋地喊：

"杜宾斯基，发现了外星飞船！有三家天文台同时发现了外星飞船！"

杜宾斯基起身，惊愕地张大嘴巴，这个蠢乎乎的表情足足定格了几十秒钟。他从白文姬的表情中看出这不是玩笑，便忘形地喊叫着，紧紧搂住白文姬在屋里转圈。

那时他们都没想到，这一天会成为地球的黑色纪念日，历史将在这儿凝固。第二天早上，他们得到的消息是：飞船离地球不是一个月的距离，而是三天的距离！原来的估算错了。这艘飞船是以半光速飞行，现在它已在明显地减速，地球天文台之所以能观察到它，就是因为它减速时反喷的能量束。而且，这艘飞船十分庞大，相当于一百艘航空母舰。

最重要的一点：地球和飞船没能建立起联系，地球匆忙发出的大量问询没有得到任何回音。地球人没法弄清，这艘飞船是否是一艘"死飞船"。

丈夫在转述这些消息时，眉尖微有忧色。其实，白文姬的直觉也一直在向她报警。无论如何，这艘外星飞船的造访都太过突兀，太不正常。不妨换一个角度思考：假如是地球人发现了外星文明，那么，在驾驶飞船造访之前，地球人一定会早早地发出联系的信息："我是你的朋友，是一个友好的种族，我们打算来拜访你们……"这样的提前问候是人之常情。为什么外星飞船会顽固地保持缄默？

不过，也许外星人根本没有发明无线电通信？也许外星人认为不告而来是最高的礼数？不要忘了，他们是外星人——"人"这个字眼在这儿只是借用，谁知道他们是什么样的身体结构？什么样的脾气秉性？他们靠什么能量生存？

这些都是未知之谜，所以，尽管心中隐隐不安，白文姬仍急切地盼着谜底早日揭开。

两个小时后，丈夫打电话告诉她，外星飞船的形状已经观察到了，是蜂巢形结构，很可能那是几百艘独立的飞船，在升入太空后拼合在一起。所以，这不是一艘飞船，而是一支舰队。

丈夫声音低沉地通知她，这是他最后一次电话，因为他们马上要"忙开了"。白文姬心中不由得一沉，她当然明白丈夫的意思，因为，丈夫是在武器研究所工作。

20 年前，也就是 2324 年，小文姬已经记事了，她忘不了那年全人类欢庆的一件大事：人类经过公决，以绝对多数票通过一条法令："立即销毁各国现存的所有重武器，当然首先是核武器、生化武器及其运载工具。"这是划时代的一天，它标志着人类终于告别野蛮，步入了理性时代。武器，这个人类互相残杀的怪物，这个人人憎恶却又摆脱不掉的怪物，终于寿终正寝了。

当然也有反对意见，他们认为人类应保留太空武器，如星际导弹、太空激光炮等，以应付可能的外星侵略。但这些反对意见被另一种简单明快的推论驳倒了："如果某种外星文明能到达地球，那它必然已经超越野蛮阶段而步入高度文明，因为，高度发展的科学与野蛮是水火不容的。那么，这些外星文明就不会残忍嗜杀，不会具有侵略性，地球文明的发展不就是明证吗？"

这真是一个极具说服力的理由，关于它的正确性，几天之后的事实就给出了最明确的验证——可惜是否定的验证。

不过，人类公决时也考虑了反对意见，决定在全世界保留五个武器研究所，它们的责任是保存所有有关武器（尤其是太空武器）的知识，一旦需要，可在短时间恢复生产。丈夫夏天风是位于中国的第四武器研究所的高级工程师，白文姬常取笑他选择了一个古董职业，就像是中国古代传说中所说的"屠龙之技"，永远没有使用的机会。因此，"你尽可在那儿做一个南郭先生，不会有人揭穿你的"。

她没有想到，丈夫的屠龙之技会很快派上用场。不过，她知道已为时过晚，太空激光炮、星际导弹都是些极度复杂的玩意儿，即使以最快的速度恢复生产，也只能在数月之后交付使用，而现在，那艘来意未卜的飞船离地球只有三天的距离了。

9700 米的地下是没有日升日落的，他们只能凭借钟表来掌握时间。2344 年 5 月 26 日晚上 8 点——历史的时钟将在这一刻停摆——白文姬值完白班。来换班的杜宾斯基满脸疲倦，他一直没有休息，守着电话一个劲儿地向外询问。他告诉白文姬，这几个小时没有任何进展。"暴风雨前的平静。"他补充道。

他的预言很快被证实。白文姬草草吃了晚饭，也迫不及待地向各处打电话。地面站的小刘告诉她一个惊人的消息："美国肯尼迪发射中心正在发射升空的'代迭罗斯号'飞船发生爆炸，8 名机组人员全部丧生！""代迭罗斯号"是各国政府一致决定发射的，是人类与外星飞船联络的信使。它的爆炸也是可以理解的，因为准备太仓促。小刘还说："据小道消息，'代迭罗斯号'飞船不光是信使，它还携带核弹以伺机行事。飞船的爆炸未能引爆核弹是不幸中之万幸。"

惊人的消息接踵而来，外星飞船忽然吐出数百艘小飞船，像蝗虫一样向地球扑来。至此，外星飞船的狞恶嘴脸已暴露无遗，但地球上却是出奇的平静，各国政要不再向民众发表讲话，人们都麻木地等着蝗虫飞船逼近。地球已变成了一个完全不设防的村庄，只能坐以待毙。

爸妈打来电话，从表面上看，他们的表情仍然很平静："文姬，呱呱会说妈妈了。呱呱，喊妈妈！"呱呱咯咯地笑着，弹动着小嘴唇发出"妈妈，妈妈"的声音。呱呱外婆说："乖乖，亲亲妈妈，亲亲妈妈！"呱呱把嘴巴贴在可视电话屏幕上，乖乖地亲了几下。白文姬也透过电话亲了亲孩子，默默地，一往情深的亲吻。

她和女儿、父母道了再见，挂上电话，眼泪止不住流下来。她当然懂得爸妈的用意，一旦有了什么意外，这就是亲人之间的诀别了。

白文姬牢牢地守着专线电话，真恨地下观测站的建造者们为什么不把电视信号接下来，这样她就能及时了解事态的变化。而现在，她只能凭一台时断时续的电话，从简短的回话和有限的视野中揣测地面上发生的事情。

丈夫那儿音信全无，他们在干什么？他们已经组装出适用的武器了吧？两小时后，地面站小刘说："敌方（他们已不假思索地使用这个称呼）的子飞船已进入大气层。他们是从各个位置进入大气层的，平均分布在各大洲的上空。现在全部停留在距地面3万米的高空。在这个高度，人类基本上是无能为力的，除非用火箭把它们摧毁，但为数寥寥的火箭对付不了蝗虫般的敌方飞船。"

所以，只有坐以待毙，让恐惧和悔恨咬啮着心房。现在，恐怕所有人都后悔20年前的决定，后悔不该彻底销毁保护地球的武器！

凌晨4点，离接班还有一个小时，白文姬决定少睡一会儿，虽然地球吉凶未卜，但她仍要在自己的岗位上尽责。她没有脱衣服，倒到床上立即入睡了。她梦见千千万万只蝗虫在高空振翅，用复眼死死地盯着自己。在睡梦中，白文姬忽然觉得极度不适，就像有人伸手探进她的脑袋拼命搅动，搅得天旋地转。哇的一声，胃中的食物喷射出来。在这一瞬间，她才真正领会到什么叫痛苦，似乎每一个脑细胞都在受挤压，每一个细胞都在遭受针扎，与这种痛苦相比，死亡真是太轻松了。

她没有死。

她慢慢睁开眼睛，被刚才的打击所驱散的脑细胞又慢慢归位，拼出一个模糊的神志。她仍然非常难受，头部感到炸裂般的疼痛，耳朵、眼珠和每个关节也都在阵阵发疼，稍一动弹便觉得天旋地转，恶心欲吐。

但不管怎样，她的神志总算又慢慢拼合了。面前黑漆漆的，没有丝毫的光亮。她曾以为自己是瞎了，只是后来发现某些荧光仪表还有微弱的绿光，她才敢确信不是自己眼盲，而是停电。地下室内也没有一丝声音，没有交流电的嗡嗡声，通风管道的咝咝声，以及所有平常不为人察觉的无名声响。这种过度的寂静仿佛形成一个压力场，用力挤压着她的神经。

她想到杜宾斯基，那个开朗的男人呢？她轻声喊："杜宾斯基？杜宾斯基？"喊声逐渐加大，但没有人回应。白文姬慢慢爬起来，努力克服着严重的眩晕。她摸到一堆黏糊糊的东西，那一定是刚才的呕吐物，她用被单随便擦擦，在黑暗中向前摸去。

好在她对地下室的结构十分熟悉，她慢慢摸到值班室，摸到值班椅，没有杜宾斯基。她继续顺着墙摸，在地板上摸。忽然她摸到一个身体，一个僵硬冰冷的身体，还有黏稠的液体，那一定是快要凝固的鲜血，杜宾斯基已经死了！她的眼泪唰唰地淌下来，他是怎么死的？死了多长时间？这一段空缺的细节永远不可能补上了。

白文姬坐在地上，强迫自己思考着，在头脑眩晕的有限能力下思考着。毫无疑问，地球遭到全球范围的致命袭击。中微子地下观察站共有三条备用线路，一旦某条线路有故障，另一条会自动启用，正因为如此，地下室没有任何备用照明。现在三条线路同时断电，证明地面上的破坏是毁灭性的。

她想到电话，便挣扎着摸索过去，不出所料，电话也断了，话筒中没有一点儿声息。

绝对的黑暗、死寂、孤单和恐惧摧垮了她的思想，她疲倦地靠墙坐下，一直坐了很长时间。突然，她从假死状态中醒过来。不能在这里等死！停电必然中断通风，地下室的氧气终归要用完的，两三天之内吧，留在这儿只有死路一条。她要回到地面，寻找自己的父母、丈夫和女儿，即使他们已遭不幸，她也要亲眼证实。

怎么办？只有爬上去，顺着安全扶梯爬上去。不能指望地面站的救援了，那儿很可能已经毁灭。但是，9700米的高度！比珠穆朗玛峰还要高一千多米！我能不能爬到顶？会不会在半途中因力气用尽而摔下来？

不过，没有什么可犹豫的，因为这是唯一的生路。至于自己的体力能否坚持到底——她必须坚持到底，就这么简单。白文姬摸到厨房，在冰箱里找到一些熟食，两瓶矿泉水，找到一个背囊装起来。她坐在地上休息片刻，打开升降机房间的侧门进入升降井。这里的地形她很不熟悉，她在墙壁上慢慢摸索着，跌跌撞撞，几次差点儿摔倒。但她终于摸到嵌在岩壁上的 U 型铁条。心中突然涌出一股暖流——这细细的铁条就是她活命的唯一希望了。

她开始义无反顾地攀登。

白文姬从梦中醒来，一个数字首先跳入意识：14807。这是她睡觉前攀登的铁梯级数。她嘘一口气，继续向上爬。

14808，14809……

那些该死的外星飞船，那些该千刀万剐的外星杂种。这是一次计划周密的突然袭击，它们使用了什么武器？从自己的感受来推测，很可能是次声波，是一次强度极高、遍及全球的次声波攻击。即使在 9700 米的地下，她仍能感受到这场攻击的威力。杜宾斯基受到的伤害更重，他很可能是因次声波造成七窍流血而死去。

地面上的人呢？呱呱、丈夫和父母呢？她的头脑一阵晕眩，忙用手紧紧握住铁梯。歇息片刻，她强迫自己忘掉这些想法。到地面上再说吧，到那时再去面对事实真相吧。

17323，17324……

她的精力快耗尽了，刚才那一觉所恢复的精力，转眼之间就用完了。每向上挪动一步都十分艰难，56 公斤的体重似乎变成 1

吨重。她真担心自己爬不完最后这段路。

18621，18622……

手已经磨破了，虽然感觉不到疼痛，但从手心发黏的感觉来看，肯定是满手鲜血。每向上挪动一厘米，都会让她气喘吁吁，她的胳膊和腿再也不能把身体向上举了。不过她仍咬紧牙坚持着，用意志力代替肌肉的力量向上爬。

18710，18711……

熬过最艰难的几十级，她忽然觉得力量又回到身上。她恍然悟到刚才是运动的极点，她总算熬过了极点。此后，她的攀登就轻松多了。

当数过21000次后，她不再数数，因为她发觉，一缕轻淡的若有若无的光线已经在头顶出现。她紧紧盯着亮光所在的地方，抓紧向上攀登。没错，是光线。光线越来越亮，慢慢地，可以看清升降井的大致轮廓。胜利在望，她忘记了疲劳，加速攀登。

现在她能看清，头顶是一个四方形光圈，中间部分则黑黝黝的。是停在顶部的升降机挡住了光线，否则她早就应该看到出口了。借着从升降机四周泻下的光线，她足以看清起升井，看清起升钢索、铁梯和升降机的自动刹车机构；向下则是四方形的深井，深不见底。

在攀上升降机之前，白文姬休息了一会儿，一方面让眼睛适应光亮，一方面做一点思想准备。尽管心中不祥的预感越来越浓，她仍盼望着这是一场虚惊，也许停电只是一场机械事故，地面站的雷站长和小刘会飞跑着迎接她，说："我们急死啦急死啦！停电后我们正想办法救你们，没想到你敢从 9700 米的地下爬上来！"随后的电话中也能听到爸妈爽朗的笑声和呱呱口齿不清的"妈妈"……人总倾向于欺骗自己，直到蒙眼布被彻底掀开。

会是什么样的真相在等着她？

尽管早已有心理准备，眼前的一切仍然触目惊心。地面站的人全死光了，横七竖八地倒了一地，从倒地的方位看，他们在灾祸降临的一瞬间都是在向外跑，但没跑几步便力竭倒地。其中坚持最久的是地面站雷站长，他倒在玻璃转门之间，身后拖着一长串血迹。所有尸首都扭曲着，表情狰狞，七窍流血，将那一瞬间的极度痛苦真切地、永远地记录下来。

白文姬想呕吐，她强忍着，在尸首之间辨认。这是小刘，这是地面站最漂亮的姑娘小奚，这是幽默开朗的"大叔"老葛……他们的眼睛大都睁着，死不瞑目啊。在院里她还发现一只死猫、一只死耗子，这点特别使她震惊，因为据说耗子是哺乳动物中生命力最顽强的种群。只有苍蝇未受次声波的摧残，它们在尸体上亢奋地嗡嗡叫着，飞上飞下，为这片死人场增添一丝活气。

地面站仍然停电，电话也不通。白文姬无法知道父母、女儿和丈夫的情况，但想来他们也是同样的命运。她没有眼泪，泪水已被仇恨烧干了。也许，她现在是地球人类唯一的幸存者？果真如此，那么她只剩下一件事要干——尽可能多杀死几个外星杂种。

　　为了女儿，为了丈夫，为了所有的亲人，为了人类。

　　夕阳快下山了，西天布满绚丽的火烧云。金红色的彩云流淌着，迅速变换着形状。天道无情，它不知道地球的生灵已经全都变成了冤魂，仍旧日落日升，云飞云停。

　　白文姬强迫自己忘掉这一切，尽快进入新的角色——一个冷血杀手，她要向外星杂种复仇。但这些魔鬼究竟是什么样子？它们是气态人还是能量人？什么武器能杀死它们？白文姬还没有一点眉目。

　　她在冰箱里找到几瓶罐头，停电三天，冰箱里已经有异味，但罐装食品还是完好的。暮色已经降临，白文姬机械地咀嚼着罐装牛肉，筹谋着明天的行动。门外忽然传来汽车行驶声，白文姬的神经猛然被扎醒——还有活人！她曾以为这个世界除了她自己再也没有活人了，但有人开汽车！

　　她立即起身，向门外跑去，但在最后关头，警觉像呼吸一样起作用了。是谁在开汽车？虽然她不大相信会是外星人开地球人的汽车，但她还是要观察一下。她走到窗前，从窗帘侧边向外窥视。

一辆大福特径直开进院内，停下车，车门打开，一只脚踏到地面上——白文姬心脏猛然抽紧：那只脚，或那只脚上穿的鞋子是金属制的，看起来十分笨重，泛着黑色的金属光泽。接着，一个机器人走出车门，外形颇似人类，但全身都是金属的，头上无发，脸部由几十块钢铁组元组成，钢铁眼窝深陷着，一双没有理性的眼睛冷漠地扫视着四周。

外星人没有在院中停留，快步向主楼走来。他身高两米，脚步声十分沉重。他是否发现了自己？白文姬迅速退到厨房，拎起一把锋利的厨刀，这把刀不会对机器人造成威胁，但至少可以用来自杀！然后她迅速藏身到一个橱柜中，透过百叶窗向外观察。

伴着铿然的脚步声，机器人走进来了，用冷漠的眼睛扫视四周后，弯腰抓起两具尸体，转身向外走去。他抓起尸体毫不费力，强劲的手指轻易地戳进尸体内。他出去了，走出白文姬的视线。听见两声闷响，他可能把尸体扔到地上了，然后脚步声又响了起来。

原来他是在做尸体清理工作，很快，屋内的七八具尸体都被扔到院子里。其后五六分钟没有响声，白文姬溜到窗户前向外偷看，见几具尸体在院子中央堆成一堆，上面撒着白色粉末。那个机器人正从汽车里拎出一支沉重的枪支，他单手执枪，对着尸体扣动扳机，一道耀眼的红色撕破暮色，尸体堆爆出明亮的火光，熊熊燃烧起来。

不知道他在尸体上撒的是什么燃烧剂，燃烧十分猛烈，白色的光芒照亮方圆百米。机器人没有多停，返回车内，汽车迅速驶离火堆，开出院门。白文姬来到院里时，尸首已经燃尽，仅在地上留下一团很小的白色灰烬。那辆汽车已经不见了，远处的夜空被照亮，几十团白亮的火焰此起彼伏。看来今天机器人在对这一带进行大清理。

白文姬立在那堆尸灰前默哀。尸首被火化了，她的同事们总算有了归宿。然后，一个疑问浮上水面。刚才那个外星人来去匆匆，她没看清楚，但有一点是没有疑问的，那就是他太"像"人。他有四肢、躯干、头颅，是否有五官不太清楚，但至少有一双眼睛和一个嘴巴。而且，从头颅、躯干和四肢的比例来看，也与人类酷似。白文姬知道一条规律：人类总是按照自己的模样去创造神灵、魔鬼和机器人。刚才她看到的无疑是外星人所造的机器人，那么，他们的主人，那些外星杂种，竟然与人类相像？

这是不大可能的，在两个相距遥远的星球上，沿着独立进化之路，竟然进化出面貌形态相当接近的两种"人类"，这种可能性几乎不存在。

那么，所谓的外星侵略是地球上某个国家或某个狂人玩的把戏？白文姬觉得浑身发冷，如果是这样，那可是一桩惊天大阴谋！不过她不相信这一点，因为，在自由、祥和、透明化的 24 世纪，根本没有这类狂人赖以存活的土壤。

她的心情十分阴郁。这是个谜，是个难解的谜，不知道在她死前这个谜团能否解开。

灯忽然亮了，屋内亮如白昼，远处的建筑物也亮起一扇扇窗户。一阵欣喜袭来──但白文姬随即悟出真相。不，不是"人类"恢复了电力供应，而是外星人。他们已着手建立正常的社会秩序了。他们用次声波杀死所有地球人，接管了完好无损的人类的物质基础。他们的如意算盘打得真精啊。

电扇在转，空调在响，电脑和电视屏幕也亮了。那场灾难造成时间上的一个中断，现在它们又接续上了。白文姬拿起电话，电话指示灯开始闪亮，耳机里有了熟悉的嗡嗡声，电话网也恢复正常了。白文姬很想向父母、丈夫那儿打一个电话，但她最终克制住自己。如果外星人掌握了电话网，他们会很容易查出这个电话的来源，也许两分钟后外星人的军队就会把这儿包围。不能莽撞，她要好好保存自己的生命，要拿它多换几个外星魔鬼。

她想去电脑网络上查一查这两天的事情，也因为同样的原因而作罢。忽然她想到电视，电视里都存有两天的节目，可以调出观看而不被外星人察觉。于是她调出两天的录像，认真地看下去。

她填补了两天的空白。

她看到那艘无比巨大的外星飞船，确实像一个大蜂巢。仔细看看，这个蜂巢是组合式的，每个组元就是一艘飞船，其模样和地球人的飞船差不多。估计是各个飞船独立起飞，到了无重力区域再组装起来，否则，它的庞大结构绝对承受不了自身的重力。

她看到那艘母船突然放出几百艘袖珍飞船，像一群野蜂，从各个方向进入地球，悬挂在外空轨道上。

她看到肯尼迪航天中心的大爆炸，那艘匆忙起飞的飞船曾是地球人最后的反抗手段。它不幸爆炸后，公众都陷于深深的绝望之中，因为，地球人已经没有任何太空武器来对付那艘蜂巢式母船和那群毒蜂。随后，联合国秘书长罗根思先生作了一次电视讲话，呼吁民众镇静，保持人类的尊严，万能的主将庇护我们。这个白发苍苍的老人实际上已向人类致了悼词。

然后，摄影镜头下的人群突然一齐扭曲身体，踉跄着，七窍流血，倒在地上。摄像镜头被摔在地上，从地面的视角继续拍摄着，这个视角使画面更为恐怖。白文姬想起自己濒死的那一刻，想起身体僵硬的杜宾斯基，她觉得那种痛楚又向她袭来，连呼吸也变得困难。

她手指抖颤着更换频道。所有频道在此刻都录下了相同的场面，中国、日本、美国、俄罗斯、智利、冰岛。死亡肯定是全球性的。60 亿人，在一瞬间同时死亡。

她喘息着，关了电视。

不要再回顾过去了。过去的已经过去，不可能再挽回。过去那个白文姬也已经死了。现在活着的是一个复仇女神，她的胸膛里只剩下一种感情——仇恨。

她开始为今后的战斗做准备。首先当然是武器。到哪儿去找？外星杂种的汽车上倒有，但去盗窃危险性太大。她的生命至少要换几百个外星人，应该格外珍惜。武器研究所！她忽然想起丈夫的武器研究所。那里虽没有重武器（只保留着重武器的图纸），但所有轻武器都保留有样品。白文姬相信，在那儿一定能找到足以杀死外星机器人的激光枪、粒子枪或射线枪。对，她明天就去那儿，顺便确认丈夫的下落。

她在屋里搜索着，充实着作战背囊。食物和饮水她没有多带，因为估计这两种东西至少短时间内不会缺乏。她把厨刀也装进背囊，还有一捆尼龙绳，一把剪刀，一个日记本（她要把最后的日子记下来，然后……留给谁呢）。想起在地下所遭遇的黑暗，她又带上一支电筒，两只打火机。

然后她来到女员工休息室，放一池热水，痛痛快快地洗一个热水澡。复仇开始后，这些正常的人类生活只怕是不能享受到了。女员工休息室是为值夜班的女员工准备的，但实际上在地下站值夜班的女性仅她一人，所以这套房子差不多成了她的领地。她是十分珍惜自身羽毛和小巢的女性，这套房子布置得十分妩媚，化妆间里，摆着唇膏、指甲油、眉笔、睫毛夹、发钳，衣橱里有漂亮的文胸、内裤、丝袜和大开领的丝质睡衣。她穿上浴衣来到镜前，擦去镜面上的水汽，端详着自己，心中酸苦。

　　不过她仍然像往常一样化了淡妆，而且，在满当当的作战背囊里，她还塞了两件文胸、内裤和一件睡衣。

　　白文姬早上四点钟起床，留恋地看看自己的小巢，同它作了诀别，然后到停车场找到自己的汽车。这个出发时间是计算好的，可以借助月光开车，免得被外星人发现。她没有开车灯，小心地上路。

　　到处是一片死寂，楼房都有灯光，但没有一丝声响，没有一个活物。她沿着公路飞快地开着车，警觉地注视着公路尽头。好在路上没有外星人的警戒，一个小时后她安全抵达市内，来到父母的住宅前。

　　在住宅前的空场上，她发现了熟悉的东西：一堆白色的灰烬。

她心中一沉，看来外星人已来这里清理过了。屋内果然空无一人，墙上的照片含笑地看着她，百叶窗在微风中轻轻摆动，荧光灯吐出柔和的光芒。看着这一切，很难想象这儿曾有过一番浩劫。只有地上随便扔着的长毛熊和小碗勺，多少透露一点灾难的痕迹。

她取下镜框，爸妈仍笑得那么慈祥，周岁的女儿瞪着圆溜溜的眼睛，好奇地看着外部世界。她的胳膊又白又嫩，胖得像藕节，一个手指含在小嘴里。白文姬定定地看着，泪水模糊了视线，眼前幻化出另一种景象：父母和女儿在濒死的痛苦中挣扎，面目扭曲的尸体，一个冷血的焚尸者，一团白得耀眼的火光……她擦擦眼泪，珍重地取下几张照片，用硬纸包好，小心地塞到背囊里。

不能多停，要赶在天亮前到达丈夫的研究所。她在那堆灰烬前默哀片刻，驾车离开。月亮已经落下去了，晨色熹微，刚好能辨认道路。她飞快地开着，拐过一个街角，忽然发现远处有汽车灯光！她急忙刹住车，停靠在路边，把车内的仪表灯也熄灭。刚刚做完这些动作，那辆车飞快地掠过这儿，车内灯光明亮，机器人的金属躯体闪闪发光。白文姬庆幸自己没有被发现，此后她开得更小心了。

武器研究所的情景和地面站一样，但外星人还没来清理过，十几具尸首横七竖八摆了一地。每个人都拎着一件武器，即使死前的痛苦也没能让他们松手。靠墙的武器架上摆放着一排轻武器，都擦拭得锃亮，弹药盘或能量盒也都已就位。看来，研究所的人们已做好了战斗准备。

她找到丈夫，同样扭曲的面孔，同样凝着血迹的五官，双眼圆睁着，弯腰屈背，似乎仍蓄力待发。白文姬把丈夫揽入怀里，为他合上双眼，又撕下衣角耐心地为他揩去血迹。血早已凝结了，擦起来十分困难，她小心地擦着。

再不会有人轻吻她的额头，把她揽入宽阔的怀抱中了；再也不会有人在耳边轻轻说"我爱你"。她想起自己和丈夫对面坐在床上，脚掌对着脚掌，光屁股的小女儿在四条腿中转着圈爬着，一边咯咯地笑。这些情景像利刃一样搅着她的心。

阳光已从窗户外投进来。她放下丈夫的尸体，小心掰开他的右手，拎起那支枪。虽说女人生来不爱舞刀弄枪，但耳濡目染，她也知道不少枪械的知识。她知道这种枪是激光枪马丁2号，它以高能物质氮5（即5个氮原子所组成的氮的异构体）作能源，每个弹药盒可以击发10次，射程2千米，在500米内能射穿100毫米厚的钢板。估计这支枪的威力足以对付外星机器人了，除非他们是不死之身。

枪上已装好弹药盒，另外10个弹药盒装在丈夫身后的子弹带中。白文姬取下子弹带，围在自己腰间，拎着枪直起身来。丈夫和他同事的遗体该如何处理？她想了想，决定把他们留给外星人的焚尸队。她想，丈夫不会怪罪自己的。

忽然院外有汽车声！白文姬拎着枪，迅速闪到厨房，仍旧钻到橱柜内。同样沉重的脚步声，同样的机器人躯体，同样的刻板动作。屋内的尸体都拖出去了，外星机器人还到各个房间检查一番。白文姬把枪口慢慢顺正，轻轻地扳开保险。她看见了一双闪着金属光泽的脚，不过机器人没有打开橱柜，脚步声渐渐远去。

白文姬闪到窗前，外星人正在向尸体上撒白色粉末，然后返回车内，拎出激光枪，点燃焚尸的大火。机器人对着这堆大火又看了两分钟，钢铁组元组成的面孔十分冷漠，没有一丝表情。外星人准备离去了，这时白文姬已悄悄瞄准了机器人的胸膛，一个光点在他左胸上晃动。白文姬犹豫着，不知道那儿是不是机器人的致命处，但她凭直觉做出决断：既然机器人与人类这么酷似，没理由认为这儿不是心脏。她咬着牙扳动枪机，一道耀眼的光束破空而去，噗的一声，在机器人胸前炸开一个碗口大的洞。机器人吼叫一声，枪身在空中划出一个弧形，瞄准白文姬所在的地方。机器人开火了，但此时他的身体已慢慢向后仰倒，那束光也随着在空中划着弧形，所到之处，墙壁、树干都被炸裂。机器人沉重地跌在地上，那支枪射完了能量，仍直撅撅地朝向天空。

白文姬扣着扳机，小心地走近机器人。机器人已经死了，钢铁眼窝里的眼睛还睁着，无神地望着天空，钢铁组元的面孔是惊愕的表情。胸口有一个大洞，露出一些粉红色的类似肌肉的东西。白文姬冷笑着想，这些残忍暴虐、杀人如草芥的家伙，原来也并不是不死之身啊。她很想把外星人的尸首藏起来，以免打草惊蛇，但她拖着机器人的脚掌试了试，根本不行，这具钢铁身体重逾千斤。她只好把他留在空地上。

她向丈夫的骨灰告别，匆匆离开这儿。没有开车，白天开车太危险了。她顺着住宅区内的小路，借着树林的掩护，迅速溜到了另一幢大楼，开始寻找她的下一个猎物。

白文姬就这样开始她的复仇生涯。到处是空荡荡的楼房，食物和弹药很充足，她身上的能量盒够她杀死 100 个敌人，用完之后还可以到丈夫的研究所去取。还有一点对她很有利——她知道到哪儿去设伏。只要发现哪儿的尸体未清理，她就可以埋伏下来，守株待兔。

天气渐渐热了，未清理的尸体已经腐烂，城市里到处弥漫着令人作呕的异味，外星人加快了他们的清理工作，到处是焚烧死尸的大火。在火堆旁边，白文姬共杀死了 8 个机器人。她的行动越来越熟练和自信。她过去所受的健美训练对她帮助很大，她行动起来敏捷轻盈，有充沛的精力。

已经死了 8 个机器人，按说该引起占领者的警觉了，但好像外星人很迟钝，他们照旧忙碌着在各地清理尸体，并没有采取什么搜捕行动，白文姬暗自庆幸。

白文姬已经不满足这种复仇了，她要找到敌方的首脑所在，给他们来一个"中心开花"。她在一所住宅里找到了一个高倍望远镜，便带上它，潜入78层的工商银行大楼，从顶楼向市内瞭望。市内街道上汽车寥寥，看来外星人在这个城市的人数很有限。慢慢地，她发现这些汽车的行迹构成一个蜘蛛网，而蜘蛛网的中心是市中心医院，那里肯定是外星人的巢穴。

她开始一栋楼房一栋楼房地向市中心医院靠近，在这个过程中又杀死几个外星人。到了中心医院，她发现这儿正矗立起一座A形的铁塔，已经建起近百米，20多个机器人在塔上忙碌，到处是电焊的弧光。巨大的塔式起重机缓缓转动着铁臂，把建筑材料送上去。已经建成的塔身方方正正、毫无美感，甚至可以说十分丑陋。这座塔是干什么用的？很久之后白文姬才知道，这是外星人的纪念碑和凯旋门，他们以此来庆祝对地球的占领，同时向上帝（当然是外星人的上帝）谢恩。这种形状丑陋的纪念物大概是这个野蛮种族唯一的审美情趣了。

几天来的成功袭击使得白文姬的胆子越来越大，虽然是白天，她还是借着建筑物的掩护向铁塔逼近。她潜入到与铁塔紧邻的一家工厂，悄悄攀上工厂中央的大水塔，架好枪支。那群钢铁蚂蚁还在忙忙碌碌，干得十分敬业，十分投入，配合谐调，就像一台精巧的机器。白文姬仔细寻找着猎物，发现一个外星人离同伴较远，便把枪口瞄准他，扣下扳机。一道强光一闪即没，那个外星人双手一扬，从塔上摔下去，隐隐能听到凄厉的呼声。

十分奇怪，这个机器人的跌落没有引起任何反应，没人去察看和救护伤员，塔上的工作节奏丝毫未减慢。白文姬十分纳闷，她想，在阳光下，敌人未发觉激光枪的光束倒是可能的，但同伴失手跌下，至少也得去救护啊！她这会儿没心思去揣摩这个谜团，瞄准另一个开了第二枪。又是一声惨叫，那人从塔上跌下，重重地摔在地上。塔上的工作似乎迟滞了半秒，但随即又恢复正常。

白文姬愤怒地想，这真是一个残忍的种族，他们不但对地球人残忍冷酷，即使同伴的性命也视如草芥。她这次瞄准了塔式起重机的操作者，带着快意扣下扳机。操作者身子一仰，靠在驾驶室的墙壁上，慢慢倾倒。起重铁臂继续转动，吊着的重物碰弯了铁塔的构件，把另一个机器人撞得飞了起来，摔死在地面。

这时，铁塔上其余的机器人似乎得到什么号令，同时向水塔这边转身，望远镜中能看到他们冷酷的目光。然后，他们同时从铁塔上往下爬，动作十分敏捷。白文姬知道情况不妙，疾速爬下水塔，闪身到一个车间。这时天上已响起轰鸣声，几十架飞机（地球人的飞机）包抄过来，行列中有一架形状特异的外星飞行器。

在这架外星飞行器的指挥下，飞机轮流向水塔开火，塔身的碎片四处迸飞，蓄水从半空中汹汹地倾倒下来。

手持激光枪的外星人也已赶来，不过他们并没有进入工厂，都在铁篱外虎视眈眈地守候。水塔轰然倒塌，飞机开始以饱和火力分区域轰炸工厂，看来他们不准备让一个活物留下。眼看着爆炸点向这边逼近，白文姬急中生智，逃出车间，找到一个下水道的铁盖，用力掀开铁盖，钻了进去。

身后是轰隆隆的巨响，红光从下水道口射进来，灼热的气浪追赶着她。白文姬快速地向前爬。下水道很宽敞，弥漫着工业废水的刺鼻气味。身后的红光远去了，她进入黑暗之中，不过这儿毕竟不是9700米的地下，偶尔从井盖处透进几丝光亮，使她勉强能看清前面的道路。

突然，后边轰的一声，下水道倒塌了，堵死了。现在已后退无路，白文姬便一个心思地向前摸索。下水道的微光越来越弱，已经难以辨清方向。向哪儿走？也许她会困死在迷宫一样的管道内。忽然她的脚面感到水的流动，感到水的流向。她想，只要顺着水流走，总归能走到河边。于是，她脱下鞋子，时刻用脚掌试着水的流向。管道内污水不多，可能是城市已经停止运转，没有什么生活污水，所以下水道内一直保持着足够的空气，使她不至于窒息。

她在管道里走啊，走啊，不知道走了多长时间。她已经精疲力竭了，手中的枪支重似千斤，但她始终紧紧握住它。她又饿又渴，背囊还在，但背囊中的食物和饮水不知什么时候掉落了。脚下就有水，可惜不能喝。水流的声音百般诱惑着她，她几次想趴下去喝两口，但最终克制住自己。

走啊，走啊，她的双腿已经麻木，似乎比从9700米地下爬上来时更累，但强烈的求生欲望仍支撑着她。方向显然没错，因为管道变粗了，脚下的水越来越深，水面浸到腰部，浸到胸部，现在她已不是爬行，而是游行了。

水声越来越响，水流越来越急，她在拐角处稳住身子，探头向前查看。前面，污水已经充塞管道，没有可呼吸的空间了。但前边隐隐传来亮光，传来水流的跌落声。反正已后退无路了，白文姬把枪支和背囊理好，深吸一口气，向水中潜去。水流推着她向前游，20秒钟，40秒钟，她的呼吸已经十分困难，一朵黑云慢慢向她的意识罩过来，就在她快要绝望的时候，眼前忽然一亮，她随即跌落下去。

她急忙浮出水面，这儿不是河流，而是一个巨大的池子，四周池壁高高耸立，圈出四方形的蓝天。一道铁扶梯从水下一直延伸到壁顶。她猛烈地喘息着，手足并用爬上扶梯，等她接触到坚实的地面，心神一松，便晕厥过去。

繁星在天上闪烁，流云在弦月旁流淌，夜空高远，晚风在私语。白文姬艰难地睁开眼睛，拼拢自己的意识。她是在哪儿？她睡在一座高高的墙壁上，不远处就是墙壁的边缘，夜里如果她翻个身，此刻已变成冤魂了。她心中一凛，腿脚发软，忙抓住身旁的铁栏杆。

枪支在腋下，硌得那儿生疼，她艰难地挪动着麻木的身体，把枪支顺到前边。浑身都疼，骨头像碎成千百块。周围是黑黢黢的建筑物，只有几扇窗户倾泻出雪亮的灯光。

没有人声，没有人的活动。

她已经悟出这是哪儿，城市西部紧挨河流的污水处理厂，面前是污水沉淀池。污水先在这里沉淀，随后通过生物净化和机械净化，排到河里去。这儿的工作是全自动的，所以虽然工作人员已经死光，工作程序仍旧进行着。

她走过天桥，经过密如蛛网的管道，来到污水处理厂的指挥室。宽敞的指挥室内，各种仪表灯仍在闪亮。没有人，也没有尸体，这里肯定已被外星人清理过了。她走进员工休息室，在卫生间的大镜子中看到自己。浑身脏污，头发锈成一团，衣服破烂不堪，两眼充满红丝，面容疲惫麻木。她苦笑一声，尽管已饥肠辘辘，但她仍先打开淋浴器梳洗一番。身上的衣服已不能再穿，背囊里的备用衣服也皱成一团，她在屋子里找到了几件男人的衣服穿上，尽管衣服很不合体，但站在镜前再度观察自己时，她又恢复了自信。

她在厨房里找到罐头和饮料，狼吞虎咽地吃饱，在值班床上沉沉睡去。这一觉她睡得很沉，醒来时已是朝霞满天。这儿是郊外，十几只水鸟在高高的树梢上鸣啭着，飞上飞下。这种不知名的水鸟，羽毛是翠绿色的，头顶有一片丹红，美得像一只精灵，久未见到生灵的白文姬贪婪地看着，感动得热泪盈眶。

又一次死中逃生的经历，再加上这几只生机勃勃的小鸟，忽然唤起她强烈的求生欲望。不，她的当务之急不是报仇，不是与敌人同归于尽，而是活下去，尽力活下去，想办法延续人类种族——她苦笑着摇摇头，如何延续人类种族？很可能这世界上已没有一个男人，而她又不会孤雌生殖，除非丈夫在她腹中留下了一颗种子。不过这一点不大可能，女儿还小，夫妻生活中，他们一直小心地采取避孕措施。现在她感到很后悔，她真不该避孕，真该留下一颗种子。

但是要活下去！命运既然能留下她，谁敢说没有别的幸存者？她要走遍全世界去寻找同类。即使人类只留下她一人，她仍要活下去，努力学习克隆技术，学习这种神秘得近乎巫术的技术，把人类延续下去。她要躲到荒凉的山区、沙漠或极地。外星人的数量不多，不可能控制整个地球，总会留下足以让她生存的空隙。她要学会像原始人那样的生活，茹毛饮血，保留文明的火种。

决心已定，她感到心境复归平静，同时也难以排除渗入骨髓的孤独和悲凉。她开始在污水厂各个房间里搜集生活必需品。先在门外找到一辆越野性能较好的"城市猎人"牌子的吉普，砸碎车玻璃，意外地发现启动钥匙就在那儿，这使她省去不少工夫。她把搜集到的罐头、饮料、衣物、工具一趟一趟地往车上搬，还找来几只塑料桶，把其他汽车里的汽油都抽出来，放到自己车上备用。

她发现一间女性的居室，可能也是女性员工休息室。室主人一定是一位漂亮风流的女子，因为屋内到处是昂贵的法国香水、唇膏、薄如蝉翼的名牌文胸和内裤、连裤丝袜和半透明的睡衣。那个女人的半身玉照在梳妆台上，眉眼中有无限风情。白文姬在镜中看看自己身上不合体的男人衣服，犹豫着，最终把它们脱下，换上了这位不知名女子的漂亮裙装。

以后不会有人来欣赏她的美貌，但一个女人的爱美之心是十分顽强的。

汽车开出污水厂的大门，她停下来向人类世界告别。她的心底一片空明，要活，活下去，再寻找希望！吉普车一路向西北开去，那儿是深山区。她担心在无遮无掩的公路上开车，会被外星人发现，开了半天没见有什么动静，多少放心了，也许，外星人还未能掌握地球人类的所有信息系统，比如天上的探测卫星。

她开了整整一天，没有看过地图，只管往最荒僻的地方开。先是高速公路，再是一般干道，县级公路。汽油表指到了零，她停下来下车加了油，吃了一点食物，又继续开。她进入山区，在坎坷不平的山道上颠簸。夜色沉下来，她不敢开大灯，便借着朦胧的月光向前摸索。深夜，前边路断了；视野里尽是黑黝黝的山峰和森森的树木。她停下车，在后座椅上很快入睡。

她做了一些杂乱的梦，梦见到处去找自己的丈夫，终于找到了，一夜缱绻，丈夫给她留下一颗生命的种子。梦境变换，她躺在产床上，撕心裂肺的痛苦，然后是舒适的慵懒，一个可爱的婴儿躺在她身边。一岁的女儿来了，口齿不清地唤着弟弟，她冷峻地想，如果世界上只剩下这姐弟二人，也许他们不得不做夫妻？这个选择太艰难了，她想从梦境中逃脱……

她醒了，晨色熹微，面前是陡峭的山崖，茂密的树木。汽车停在一条满布鹅卵石的干涸河道上，侧后方是一个水潭，不大，却极深，清冽的潭水映出重重的绿色，十几只小鱼在潭水中游玩，倏然不见。

眼前的美景驱散梦中的沉重，她取出食物，坐在鹅卵石的河道上吃了早餐。清洌的河水在引诱着她。一天的奔波使她风尘仆仆，胸前腋下都是腻腻的，于是，她取出盥洗用具，随身带上激光枪，来到潭边，脱了衣服，在清洌的潭水中洗去征尘。藏到石下的小鱼儿又悄悄返回，一只螃蟹也从石下爬出来，不慌不忙地在石面上横行。白文姬用脚趾悄悄踩了下去，踩住了蟹背，螃蟹惊慌失措地举起两只大钳。她松开脚趾，螃蟹飞快地逃掉了，在水中留下一串水泡。白文姬不由得绽出一丝笑意，这是灾难来临后她的第一次微笑。

潭水太凉了，白文姬走到浅处，赤身立在山风中，就像一位风姿绰约的仙子。晨风吹干身体，她上了岸，穿上文胸，内裤——忽然她有一种悚然的感觉，她的直觉在警告，好像有人在盯着她的后背，冰凉的目光所到之处，她的皮肤微微战栗。她努力镇静着，用眼角的余光向身后看。果然有两个外星杂种！身躯比她见过的略矮一些，一男一女（女的铁壳胸部有两个凸起，使她一眼就辨出机器人的性别），他们身后的林中空地上，停着一架外形奇特的飞行器。

外星机器人没有动作，冷酷地默默注视。白文姬心中凄然，知道死神已经来了。她不慌不忙地穿好衣服，掠掠头发，忽然一个箭步向激光枪扑去，把枪支拎起来。但男外星人以不可思议的敏捷一步跨过十几米，劈手夺过激光枪，向着远处射光了能量，耀眼的红光烧灼着空气，光束所到之处，大树拦腰截断，轰轰隆隆地倒下来。外星机器人狞笑着（脸上的钢铁组元拼出这个狞笑），把枪支慢慢地拧成一个麻花，摔在她的面前。白文姬从背囊中摸出那把尖刀，明知这件武器对机器人是无效的，但她仍拼死向机器人眼睛扎去。机器人用胳臂轻轻一磕，刀刃在金属躯体上砍出一溜火花。她苦笑着停止搏斗，忽然反手一刀，向脖子上抹去。

但她未能如愿，男机器人敏捷地托住她的刀锋，夺了过去，远远扔到潭水里，溅出一片水花，然后又冷漠地注视着她。白文姬觉得自己成了猫爪下的幼鼠，没有一点反抗的余地。她叹了口气，转过身，纵身向潭中跃去。

这回是女机器人拦住她，女机器人伸出右手，慢慢扼住白文姬的脖子。白文姬觉得黑云渐渐漫过意识，在濒死的痛苦中，她反而有一种解脱的感觉。

她失去了知觉，但并没有死去。男机器人及时制止住女伴，简短地命令："把她带走。"便夹起白文姬绵软的身体走向飞行器。白文姬没有听到他说的话，否则她一定会惊骇欲绝。他的语音虽然怪腔怪调，但若仔细辨认，还是能够听懂的。

外星机器人说的是地球的语言，是英语。他说的是：

"Go with her。"

第二章

　　被地球佬称作是中国郑州的大都市现在是 X 星球人的临时首都，72 层的银河大厦是他们的总部，奇奇诺瓦五世就住在顶层。透过宽敞明亮的落地长窗，他每天看着 A 形塔逐日拔高，最终将要超过银河大厦。这是 X 星人的习俗，或者称作他们的宗教形式。他们每占领一个地方，都要修建一座纪念塔。塔的形状则依部族而不同，比如 A 形塔是奇奇部族的标志。100 年前在 X 星上的部族战争中，各种纪念塔频繁地毁了又建，建了又毁，直到 A 形塔最终布满 X 星时，奇奇诺瓦一世的部族胜利了，兼并了其他部族，组成了奉奇奇诺瓦一世为帝皇的部落联盟。

　　奇奇诺瓦五世来到地球已经 10 天，他乘着皇家飞行器看完了地球的建筑，它们都是美轮美奂的杰作，精致、典雅、动感，即使是外行也能体会到它们的精妙。而眼前这座 A 形塔却十分粗糙和丑陋，乌黑的钢铁桁架，蠢笨的造型，简直令他反胃。地球上凡驻有 X 星人的都市都在兴建 A 形塔，临时首都这座 A 形塔是最高的。奇奇诺瓦厌恶这种做法，但他没有阻止。即使贵为帝王，他仍不能不顺应习俗。

　　这次 X 星人占领地球十分顺利。母飞船停留在月球轨道时，地球佬没有反击；当密密麻麻的无人飞船分布在地球的同步轨道时，地球人仍没有反击。在那个瞬间，奇奇诺瓦五世曾猜想，地球佬是不是在布置险恶的陷阱。不过，在进行次声波袭击后，地球人在一瞬间痛苦地死去，他才知道地球佬根本无力反击。

X星球的档案库中只载有地球人300年前的历史，那时，数万件核武器及太空武器耀武扬威地布满地球。他绝没想到，地球人的爱好在300年内发生了如此巨大的变化：所有的武器都被销毁了，地球成了完全不设防的星球。他十分鄙夷这个变化，这些养尊处优的地球佬已失去年轻民族的强悍和血性，酸腐不堪，他们活该有这个下场。

从军事角度看，这次长途奔袭取得了彻底的胜利。当5000件次声波发生器同时启动时，地球上连一只哺乳动物也没能幸免，活下来的只是一些低等动物，如爬行动物、鸟类、昆虫等。后来，当各种迹象表明还有一个地球佬活着并在频频复仇时，他感到十分惊异。

御前会议的成员不多，帝皇奇奇诺瓦，帝后果果利加，掌玺令齐齐格吉，中书令葛葛玉成，侍卫长刚刚里斯。其中，帝后和侍卫长常常不发表意见，所以实际参加者只有3个人。

掌玺令报告了近日的进展。他说，已经清理出50座地球城市，包括郑州、纽约、莫斯科、东京、新德里……其他城市和乡村由于人手不够，只有任那儿的尸体腐烂分解。不过由于占领军战士都注射了预防针，至今无一人生病。占领军共 8 万人，只有 10 人死于地球佬的袭击，现有 79990 人。

奇奇诺瓦说："把 8 万人平均分到 50 座城市，迅速繁殖工蜂族，要求 5 年之内繁殖到 800 万人。有生育权的女贵族也要大力生育，每年必须生育一个。"

"遵旨。"

他看看帝后，帝后果果利加说："对，我也要生育。"

帝皇告诉中书令："你要尽快熟悉地球人的一切，我们过去的资料有很多缺陷，比如电视中那是在干什么？为什么懦弱腐化的地球佬这时这么狂热？"

侍卫们打开电视，调出一个画面。一群人在疯狂地用脚争一个球，满场观众狂热地欢呼。中书令说："这叫足球比赛，是一种地球佬所谓的'体育运动'。"

"什么叫体育？为什么我们过去的资料从未显示？总之，"他再次命令，"你要尽快熟悉地球上的一切。"

"遵旨。"

御前会议结束时，中书令恭敬地对帝后说："帝后，是您儿子抓到了唯一的女地球佬，他为帝皇立下赫赫功劳。"

帝后的钢铁面孔上堆出微笑："那天，波波尼亚非要乘我的飞行器出去玩耍，还有他的女友吉吉杜芝。他们两人天天吵闹，又难以分离，我想清静，就让他们去了。没料到在一座山潭边正好抓住了女地球佬。"

"是帝皇和帝后的洪福。"

奇奇诺瓦问侍卫长："女地球佬押来了吗？你领我去看看。"

"押来了，就关在68层。"

牢房门前站着双岗。守卫打开门，宽敞的屋内只有正中央放着一张床。犯人睡在床上，昏迷不醒。她穿着地球人常穿的裙子，露出白皙光滑、筋腱分明的小腿和润泽的背部，胸部非常丰满，黑发较乱，但仍显得黑亮柔软，赤着双脚，脚掌呈粉红色，双手戴着一副锃亮的手铐。

奇奇诺瓦目不转睛地盯着她。与资料中300年前地球人的服饰相比，这个女人的服饰没有太大变化。在尚武刚勇的X星人中，这种过于性感的服饰是受唾弃的。X星人的美在于强悍、勇武、钢铁的光泽与力量。不过，当他真正目睹一个地球女人的身体时，不由得泛出一种非常复杂的感情。

侍卫长说："就是她，杀死了10个X星士兵。我们已检查过卫星照片资料，从第一次袭击，一直到最后一次，都是她一人干的。我们曾对她藏身的工厂进行饱和轰炸，工厂已彻底夷为平地，不知道她怎么逃了出来。"

侍卫长的声音没有一点感情，不过奇奇诺瓦能听出他对这个女人的钦敬。X星人是尊敬强者的。侍卫长说："王子是在她洗澡时把她擒住的。"

奇奇诺瓦严厉地说："是突然袭击？"

"不，王子等她穿上衣服才向她出手。"他说，"她非常柔弱，不堪一击。"

奇奇诺瓦向前走了一步，俯下身去，用钢铁手指摸摸她的手臂。皮肤十分光滑，肌肉富有弹性，手指修长，皮肤上有柔细的毳毛，这是个十分精致的女人。

地球女人的眼睛紧闭着，很长的睫毛盖着眼睑，眉峰微蹙，锁着深深的痛苦。奇奇诺瓦又摸摸她的脸部和鼻子，回头简短地命令：

"让她活下去！"

"是，陛下。"

他和侍卫长离开牢房。

白文姬早就清醒了，但她一直假装昏迷，不吃不喝，想以此探察一些外星魔鬼的内情。屋里没人时她微微睁眼观察，她显然被带到外星人的老巢。这是一个很常见的办公环境，似乎楼层很高，窗外的蓝天白云显得很低，右边窗户可看到一个丑陋的 A 形铁塔，与她最后一次袭击时见到的铁塔外形类似，但尺码上肯定大了好几倍。

不少人到牢房参观她，逮捕她的两个外星人也来过两次，他们很好辨认，尤其是那个男外星人，他的钢铁身体显然与一般外星人不同，做工尤为精致。其他外星人都是黑色的，而他的身体却呈典雅高贵的银白色。

最后来的显然是最高首领，这可以从守卫的恭敬态度上判断。他们观看了很长时间，用奇怪的语言叽里咕噜说着什么。那个最高首领还伸手摸了她的手臂和面部。那时，白文姬用最大的毅力控制住生理上的厌恶感，没有跳起来躲避。

听这些人说话时，她常常有一个奇怪的感觉。这是种陌生的语言，声调古怪，但她常常有种似曾相识的感觉。是发音？音调？节奏？她不知道，她努力辨认和揣摩，没有结果。

但不管怎样，这种奇特的熟悉感越来越浓。直到那位最高首领说话后，这个谜团才解开。最高首领说话较慢，很威严，发音较为典雅。他临走下了一道命令，白文姬忽然从中辨认出两个英语单词。

"Let"和"Her"。

他说的是英语！他们说的是英语！尽管他们的发音十分古怪。

一旦这层窗户纸捅破，她的听力就大大提高。她听到了随从的回话。

"是，陛下。"

白文姬感到极度震惊，这些外星机器人怎么可能说英语？曾有过的猜疑再次浮上心头，也许本来就不是外星人，而是某个说英语的民族筹划了这个惊天大阴谋？这并非不可能，想想这些白人的祖辈吧，他们像屠杀牲口一样屠杀非洲人、印第安人、澳洲土人、印度人和中国人。当然那都是过去的事了，西方社会整体上早已摒弃了这种邪恶，建立了民主社会。但也许有一撮人重拾祖先的衣钵呢？

高强度的思考使她脑袋发木，她慢慢张开眼睛。有人在说："她醒了。"她一眼认出这是俘虏她的那个男机器人，他一身银亮的盔甲与众不同。白文姬是第一次在这么近的距离内观察一个外星机器杂种。他的脑袋是光的，脸部是几十块钢铁组元组成，但也有眼耳鼻口，深陷的眼窝里是和人类相近的眼白和瞳仁。他说话时，口部的钢铁组元有规律地动着。他的身体很强悍，身高约两米，四肢十分强壮——在搏斗中白文姬对此已深有体会了。钢铁四肢的行动不算笨拙，但多少带着机器般的僵硬死板，缺少人类的优雅。这是一个罪该万死的凶手，不管他是什么来路，是来自外星，还是一个狂人国家，白文姬的仇恨都不会减弱。

她目中喷着怒火，但机器人已没有昨天的敌意，显得比较平静。他招招手，守卫拎来一大筐地球食品，大多是各种罐头、方便面、饼干等。他指指食品，非常缓慢地说："食——品——你——吃。"

毫无疑问，他说的确实是英语，只是声调相当古怪，像是喇嘛在念经。白文姬已两天两夜没进食没喝水了，但她不准备吃这种嗟来之食。她目光冰冷地盯着对方，不说话，也不动弹。机器人再次重复道："你——吃。"他看懂她的蔑视，怒气像自来水一样说来就来：

"快吃！不吃——杀死！"

钢铁面孔堆出怒冲冲的表情。白文姬鄙夷地想，对于两天来以绝食求死的人，死还算是一个威胁吗？看来这个蠢脑瓜理解不了这一点。其实，死亡恐怕是自己最好的归宿，那就让他来杀死她吧。她伸手取过一瓶可乐，拉开铝环。机器人的怒容马上消失了，甚至露出胜利的笑容。这时，白文姬把可乐猛地泼到他的眼睛上。

机器人被激怒了，呀呀怪叫着，伸出一只手卡住白文姬的脖子，轻而易举地把她举起来。白文姬呼吸困难，眼前发黑，意识迅速坠落……但她没有死。那个机器人把她扔到地上，他的怒气无处发泄，呀呀怪叫着，周围所有物品都成了他的出气筒。床被劈烂，墙壁也被他杵出一个大洞。他一路咆哮着离开牢房。

白文姬坐在地上，用手抚着脖子，艰难地喘息着。她知道这些机器人都是残忍暴虐的魔鬼，原想在激怒他后，他会立即下杀手的，但他为什么中途改变主意？牢房门又开了，一个女机器人走进来。白文姬认出，她是刚才那个机器人的同伴，那天在湖边俘虏自己时她也在场。女机器人冷漠地注视着她，目光一遍又一遍地刮过她的全身。白文姬被看烦了，她抓起一个可乐瓶砸到女机器人脸上，"铮"的一声，碰出金属声响，但女机器人没一点反应，仍然冷漠地注视着她。

很久，她才悄然离去。

食品撒得满地都是。饥饿在白文姬胃里凶猛地燃烧，但她已决定绝食求死，追随自己的亲人。她闭上眼睛，不再看这些摆在眼前的诱惑。这些天的遭遇使她的身心极度疲惫，尽管饥火正炽，她仍靠在墙上沉沉睡去。60亿人的冤魂在她梦中奔走呼号，搅得她睡不安稳。

在78层楼顶，奇奇诺瓦正和他的家人吃饭，其实，吃饭只不过是一个古老的仪式，是一种宗教式的行为。因为，早在100年前X星人已摒弃自然食物而改用能量合剂。一小瓶能量合剂可以应付一天的能量需求，而喝一瓶合剂只用5秒钟。

奇奇诺瓦和帝后果果利加已经喝完了，但王子波波尼亚却迟迟不喝。奇奇诺瓦不解地看着儿子："今天是怎么啦？"往日他十分厌倦这种吃饭仪式，常常把能量合剂往嘴里一倒便离开饭桌。波波尼亚听到父王的问询，以桀骜不驯的目光与父王对视。奇奇诺瓦平静地说：

"你有话就说吧。"

"父王，是我捕获了那只地球母兽，唯一的一个俘虏。"

奇奇诺瓦微微一笑："那不是因为你的能干，纯粹是侥幸。不过，那的确是事实。"

"我要求奖励。"

"好的，你要什么奖励？"

"我要这只地球母兽，把她交给我。"

奇奇诺瓦略微犹豫后答应了："可以，但不能杀死她。既然上帝给我们留下一个俘虏，就让她活下去。"

"放心，我不会杀她，我对她很感兴趣。我还有第二个要求。"

帝皇皱皱眉头。帝后看看丈夫，柔声说："你说吧。"

"为了不让母兽饿死，我找了不少地球的食物。我想知道地球佬到底吃的是什么东西，所以我想尝一尝。"

奇奇诺瓦紧皱眉头。到地球前，基于中书令葛葛玉成的建议，他曾颁布一条法令，严禁 X 星人袭用地球人的生活方式。中书令说："地球佬的生活方式是腐败，是堕落，是醉生梦死。如果不加制止，它会把 X 星人很快腐蚀掉，让一个骁勇善战的强悍民族变成了只会吟诗作赋的纨绔子弟，所以要严禁！"

奇奇诺瓦不大知道地球的历史，他只会打仗和杀人。但他相信中书令，那个固执的老东西，所以他痛痛快快地批准了中书令拟就的法令。可现在呢？虽然他对儿子不苟言笑，其实心里还是很溺爱的。他不好直接同意，便看看帝后，帝后立即说：

"仅此一次！"

波波尼亚立即从身后拎过来一只小袋，里面装有品种繁多的罐头，罐头上全是四四方方的中国字，"五香驴肉""红烧鱼块""松子银鱼"之类，波波尼亚狡猾地说："我已经吃过了，吉吉杜芝也尝过了，我今天拿来请父王和母后尝一尝。"

奇奇诺瓦不想让儿子难堪，便夹了一块五香驴肉在口中咀嚼，帝后也挑了两样尝尝。他们没尝出什么味道，便摇摇头，表示要结束这顿饭。波波尼亚把剩下的食品大口吃完。"非常美味！"他大声说，"你们再尝一次就能体会到了！"

波波尼亚和吉吉杜芝在游玩途中遇到一场暴雨，暴雨实在太大了，没办法观察道路，他们只好暂停飞行。

两人蜷在飞行器内，粗大的雨柱敲击着透明罩盖，在周围地面上打出一片水花，雷声隆隆，紫色的闪电从黑云中直劈地下。他们好奇地看着这场暴雨。X星上从没有这样的暴雨，那儿的天空总是布满浓云，雨总是蒙蒙的，太阳只是浓云后边一团发亮的、边缘不清的东西；没有星星月亮，没有蓝天和彩云。因而，他们对于太空的想象从来都是阴郁的，色彩黯淡的。

暴雨结束得非常迅猛。转瞬之间，黑云飞走了，天空又恢复了干净的蓝色，几朵白云追随着撤退的黑云悠悠飘来，太阳又以火辣辣的热度照射着大地。波波尼亚重新启动飞行器，在低空沿着地形曲线灵活地上下翻飞。

波波尼亚自从来到地球后，一直驾着飞行器四处游玩。有时他不带吉吉杜芝，但大多数时间是两人一道。他对地球上的奇异风景很感兴趣，这里有蓝天，有看得清清楚楚的太阳，有各种树木，还有飞鸟和昆虫、鱼类。这些在X星上都没有，那儿只有微生物和数目稀少的几十种植物。

吉吉杜芝忽然惊奇地说："那是什么？"他扭头向后看，看到天上扯起一个半圆，赤橙黄绿青蓝紫依次排列。半圆很大，通天彻地，显得既大气又精妙。波波尼亚不知道这是什么玩意儿，看来它是一种自然现象。他努力搜索关于地球的知识，但是找不到关于它的资料。这个玩意儿确实很漂亮，两人目不转睛地盯着。波波尼亚忽然说：

"那只地球母兽应该知道的，回去问她！"

吉吉杜芝说："不，我们要朝它飞过去，我要抓住它。"她指着那个半圆说。

波波尼亚已经调转机头踏上归程："不，我要回去。地球母兽三天没吃东西了，我不让她死。"

吉吉杜芝很气恼，她早就看出波波尼亚对女俘虏有非同寻常的兴趣，但她没有反对，顺从地跟他回家。

　

整整一天时间没人来这间牢房，守卫守在门口，从不向内张望。白文姬绝食四天三夜了，已经十分虚弱。男机器人带来的食物、饮料被抛撒一地，白文姬闭眼不看，顽强地抵制着它们的诱惑。她盼着死神快来带走她的生命，不愿意在外星魔鬼的囚禁中苟延残喘。

那个男机器人又来了，守卫跟在他后边，带来更多的食物，有熏鱼罐头、袋装烧鸡、八宝粥、梨、西瓜，还有一些不能食用（或不能生食）的药材、茄子、土豆等，看来外星机器人没有这方面的鉴别能力。守卫把食物堆在她身边，悄悄退出去。白文姬冷漠地转过脸，知道男机器人又要劝她吃饭。但这次男机器人先把白文姬扯到窗边（他的神力根本无法抵挡），指着窗外急切地问：

"那是什么？"

他指的是东边天空上的一弯彩虹。衬着湛蓝的天空，这道美丽的虹显得神妙非凡。白文姬不由得扭头看看男机器人，他的钢铁面孔还是那样令人憎厌，但钢铁眼窝里的眸子中，分明是孩子般的好奇。白文姬不想理睬他，但不知为什么她还是回答了。

"这是虹，是水珠折射阳光形成的自然现象。"她用英语说道，"你们也能欣赏它的美丽？你们这群杂种！"

男机器人忙不迭地点头（他可能没听懂最后一句诅咒），又把白文姬扯回床边，指着那堆食物说：

"饭——你——吃，快吃。"

他巴巴地望着她，目光像家犬一样愚鲁和耐心，钢铁组元甚至拼凑出巴巴儿的笑容——如果这能称作笑容的话。看见白文姬没有动作，他急切地重复着：

"吃——四天——没吃饭。"

白文姬忽然受到触动。在此之前她一直认为，这个机器人让她吃饭，只是为了留一个活的战利品，留一个研究对象，看来事实并非如此。也许他是对一个孤苦伶仃的地球女俘虏生出怜悯之情。一道亮光划过她的脑海，她当然不会利用他的怜悯来苟活，但这里似乎有某种值得思索的东西。她忽然改变主意，不想即刻就死，死是最容易做的事，而她应该活下去，至少要弄清这些外星人的来历，弄清地球上还有没有幸存者。她取过一瓶牛肉罐头，拉开封盖，大口大口地吃起来。男机器人显然没料到她会轻易改变主意，立即变得兴高采烈，围着她转来转去，盯着她的嘴巴傻笑，只差没有摇尾巴了。

白文姬冷眼看着他那鄙俗的动作，觉得十分悲哀。看吧，就是这些粗鲁鄙俗的外星杂种灭亡了高雅睿智的地球人，成了胜者。历史太不公平了——不过，既说到历史，她倒想起历史上有很多类似的事例，像希克索人灭了古埃及，多里安灭了古希腊……可以说，历史在很多时候就是为野蛮人书写的。

她吃完了，静等着下一步，而那个可恶的机器人确实没让她久等。他几乎是急不可待地打开了白文姬的手铐，说：

"脱——快脱——我看。"

血液一下子冲上白文姬的头顶。她从被捕后就做了最坏的打算，就是没想到在机器人中也有色狼！莫非他们也安装有性程序？这当然是可能的，否则他们不会在机器人中分出男女的差别。波波尼亚看出她的反抗，立即显出怒容，伸手来扯白文姬的衣服，不耐烦地说：

"脱——脱！"

白文姬闪开了，不愿他的脏爪子碰到自己，但她知道反抗是无用的。这些机器人的神力她已领教过了，他们可以轻易地制服一头大象。在这当儿，白文姬甚至愤恨地想：好吧，让你们这群丑东西看看地球女人的身体，让你们看吧！

她脱下裙装，脱下半透明的文胸，脱下精致的内裤。现在她昂首立在正午的阳光下，乳房挺立，柔发蓬松，腰部和臀部拼出美妙的曲线，光滑细腻的皮肤闪闪发光，脖颈细长，小腹平坦，腿部肌肉坚实，筋腱分明。波波尼亚贪婪地盯着胸部，自从在湖边见到这个地球女人的裸体，他就念念不忘。这是从基因深处泛出的本能，是自然界最强大的力量。他慢慢向白文姬靠近，脏爪子慢慢伸向那对乳房……就在白文姬反抗之前，一道黑影从牢房外闪进来。黑影的动作太快，白文姬只听见她的怒吼，辨出她是常和波波尼亚在一块儿的女机器人，随后一支强劲的铁手扼住她的颈部，她很快陷入昏迷。脖子上的压力猛然一松，她艰难地咳着，从昏迷中苏醒。醒来后她看见男女机器人像恶狼一样怒目相视，刚才肯定是波波尼亚把她从女机器人的手里救了出来，在两人的争斗中，女机器人肯定吃了亏。两个机器人僵持很久，然后，女机器人狂怒地跑了，周围的物品都成了她的出气筒，一路上尽是嘎嘎吱吱的破裂声。

是波波尼亚救了她，但这丝毫不能减弱她对波波尼亚的仇恨，她冷冷地盯着他，看他还会做出什么丑恶的举动。但波波尼亚并没有什么举动，他只是专注地盯着白文姬，目不转睛地盯着。他的手又想伸过来抚摸，但中途停止了，然后……

　　此后的事态发展超出白文姬的心理承受能力。波波尼亚的两只手交叉着伸到肋下，在左右腋下同时按了一下，他的身躯，不，是他的外壳慢慢裂开，先是头部裂开，露出另一副面孔，然后整个身躯裂开，另一个小身体从外壳中滑出来。

　　那是一个十二三岁的男孩，身高只有一米六，与粗壮强悍的机器外壳形成鲜明的反差。男孩瘦弱纤细，头颅硕大，额头很高，两只眼睛特别大。身体丑陋污秽，但分明是人形，不，分明是一个人！男孩看看白文姬，再比比自己，再看看，再比比，他的表情变得很困惑，甚至有一点羞愧，他不再是狰狞强悍的外星魔鬼了，而是一个浑身脏污、柔弱自卑的人类孤儿。

　　从机器外壳裂开的一刹那，白文姬的心脏突然停止跳动，开始嘎吱嘎吱地碎裂。多日的困惑解开了，为什么这些机器杂种颇似人形，为什么他们的钢铁怪脸能做出人的表情，为什么他们的枪支甚至手铐都是地球上曾经有过的样式，为什么他们能说英语——而白文姬还曾怀疑这场灾难是某个白人国家一手策划的，她曾为自己的多疑偏执感到羞愧……原来，这些外星人确实是从外星来的，但他们却是人类的后代或侧支！

　　他们对外展现的是钢铁躯体，实际上只是一种体力增强器。机器外壳中有强大的能源，它能把穿戴者的动作成正比地强化。

这不是什么新鲜玩意儿，在地球上，20 世纪早期就已经发明了。只不过这项发明在地球科技史上只是一朵转瞬即逝的小浪花，始终没能形成大气候。倒是与体力增强器相仿的远距离操纵机械手得到长足发展，但机器外壳——谁愿意每天穿戴一副丑陋僵硬、令人难受的外壳呢。

X 星是一个无根的种族，是一个没有历史和起源的种族。

X 星是一个富饶的星球，这里有着和地球类似的大气层、温度和土壤，这儿已进化出了微生物和绿色植物，但没有高等动物，更没有人，是一个尚在沉睡中的星球。

X 星人的历史是从 300 年前一艘宇宙飞船突然降临 X 星开始的。X 星人从光盘上学到了这段历史，认识了 X 星人的上帝。上帝曾悄悄造访太阳系的地球行星，悄悄采集了足够的人体细胞，通过这艘飞船带到 X 星上大量克隆。上帝为这十万个同时降生的生命准备了相当于地球 20 世纪 90 年代的知识和生活条件，然后上帝就走了，一去不返。

上帝为什么这样做？是偶发童心？是想做一个社会进化对比试验？还是一个深藏祸心的大阴谋？还有……上帝究竟是谁？他住在哪里？X 星上从没人认真追究过这个问题。

上帝走了，十万个克隆胎儿从机器子宫里诞生。上帝给他们留下能干的电脑奶妈和机器人保姆，她们尽职尽责，向 X 星人传授了相当于地球 20 世纪 90 年代的知识：历史、物理、化学、生物、医学、军事……电脑奶妈的硬盘储量几乎是无限的，地球上的知识应有尽有。可惜，由于某个扇区的偶然损坏，硬盘中缺少了宗教、文学、音乐、体育的大部分知识。这一点对 X 星人社会心理的形成产生了致命的影响。

在富饶的 X 星上，在电脑奶妈和机器人保姆的看护下，这个无根种族爆炸般地增殖，一代一代地繁衍。当第一批男女克隆人成年后，也出现了男女结合的有性生殖，这些人大都成了贵族，但更多的仍是无性生殖，由无性生殖繁衍出来的群体，被称为工蜂族。这是一群毫不怜惜生命的杀人蜂，既不怜惜自己的生命，也不怜惜别人的生命，因为，作为成批克隆的"工件"，他们的生命来得太容易了。

这个种族很快达到极盛，他们成长得太快了，太顺利了，没有经历过地球人类的盛衰沧桑，艰难困苦，因而他们的狂妄和浮躁不断膨胀。他们就像是疏于管教的富家子弟，把那些需要耐性才能理解的高雅文化逐渐忘却，却畸形地发展了武器科技。他们的半光速飞船，超大型次声波发声器及激光枪，都远远超过了地球人的水平。

而在其他方面，他们却在退化。X 星人分成几十个好战的部族，经过 70 年血腥的战争，统一在奇奇诺瓦一世的麾下。他们抛弃了地球 20 世纪 90 年代的政治体制，选择了最适合他们的制度——君主制。

这个好战的部族统一了 X 星，下一步他们该去找谁战斗呢？电脑奶妈曾说过，太阳系中有一颗蓝色的行星，那儿有蓝天白云，绿树红花，叮咚泉水……也许是基因的作用，冥冥中有强大的力量吸引着他们，他们渴望回到梦中家乡，寻找上帝赐给他们的肥美之地。只是他们从未想过与地球人和平共处。地球人必须全部消灭，为新主人让出生存空间。

经过一代人的准备，30 年前，一支武力强大的铁骑在奇奇诺瓦五世的带领下离开 X 星，乘半光速飞船杀向太阳系。

这些内情，白文姬很久以后才完全知道，她一点一滴地探问、收集，拼出事件的全貌。不过，当那具人的躯体从机器外壳中滑出的一瞬间，白文姬电光石火般地悟出历史的梗概。那时她至少已确定两点：第一，这些机器人肯定来自外星球，这是毋庸置疑的，他们身上带有太多的"异味"；第二，这些面貌体形与地球人酷似的外星人肯定与地球人有渊源，他们肯定是地球人的后裔或侧支。

她的血液在刹那间被仇恨烧沸了。从前她当然仇恨他们，但那是人类对兽类的仇恨，现在她得知，是人类失散多年的儿女忽然回来杀死家人！60亿死不瞑目的冤魂啊。狂怒中她猛扑过去，扼住了波波尼亚的喉咙，虽然她明知自己根本不是他的对手……

但她想错了，失去外壳的波波尼亚十分虚弱，根本没有还手之力。他在白文姬的手中挣扎着，很快两眼翻白，身体软绵绵地垂下来。牢门开了，一道黑影扑过来，是女机器人吉吉杜芝，白文姬被揪了起来，扔到墙角，脑袋撞在水泥墙上，失去了知觉。

等她醒来时，波波尼亚已经不见了，连同他的外壳。不过白文姬很清楚他没有死，因为，就在自己被揪住之前，一种奇怪的感情忽然涌来，使她停止了用力。在她的手指之间，那个羸弱的身体太像一个人类的男孩，一个失去母亲照料的瘦小的孤儿，她无法下手杀死一个孩子。虽然明知道自己的想法是农夫的仁慈，但她就是下不了手。波波尼亚这会儿走了，守卫也退回去了，吉吉杜芝虎视眈眈地盯着她。白文姬已经筋疲力尽，已经倦于仇恨，她挣扎着起来，理理头发，声音嘶哑地说：

"快把我杀死吧，你这条母狼，为什么不动手？快来呀。"

吉吉杜芝没有动手，围着白文姬转一圈，又转一圈，专注地盯着她。即使是赤身裸体，即使是衰弱无助，这个地球女人仍保持着一种尊严，一种光辉，令她不得不产生敬畏。她浑圆的乳房饱满坚挺，白嫩的皮肤下是淡蓝色的血管，乳头呈暗红色，骄傲地挺立着。看着这一切，吉吉杜芝心中一个遥远的前生之梦忽然苏醒，每个婴儿呱呱坠地之时，都具备寻找乳头和吮吸的本能，这种本能不用通过父母传授，由基因密码通过种种机制转化而来，所以它是人类最牢固的潜记忆。X星人已经抛弃了自然哺乳，X星女人的乳房在机器外壳的禁锢下已经趋于退化。但基因的力量是最强大的，白文姬的裸体立即唤醒早已湮灭的潜记忆：妈妈的温暖，睡前的咿唔，富有弹性的乳房，甘甜的乳汁……

吉吉杜芝呆立着，不知道该怎么办。她以X星人的野性狂热地爱着波波尼亚王子，当然不允许别人抢走他。这段时间她早已觉察到，波波尼亚对这位地球女俘虏有一种奇特的关切。她怀着强烈的嫉妒，时刻盯着她。不过这时嫉妒心退去了，代之的是对那具完美躯体的崇拜。

吉吉杜芝犹豫地抬起双手，在自己左右肋按了一下，她的外壳也裂开了，露出一个发育不良的身体，苍白羸弱，污秽不堪。耳郭和鼻梁在外壳的长期压迫下显得平板，头发纠结成饼状。她的身体还没发育成熟，还显不出女性的柔美身材，但胸前已有两团小小的凸起，这是一个十二三岁的年轻女孩。

那具高达两米的钢铁外壳分成两半倒在地上，吉吉杜芝很不习惯裸体站立，怕冷似的缩着肩膀，来回倒着脚。白文姬发现女机器人的目光中不再有兽性，不再有残忍，而是艳羡，是敬畏，是迷茫，是惭愧。她的小脏手胆怯地伸过来，慢慢触到白文姬丰满的乳房，白文姬不由得哆嗦一下，一道电波顺着乳头神经射进来，在心头划出一道闪光。无疑，这些半机器的 X 星杂种已经兽性化了，但至少他们还知道地球女人的身体是美的，女人的乳房——更确切地说，是母亲的乳房，对他们还具有感召力，他们也知道为自己在机器外壳禁锢中的肮脏身体而羞愧。

这么说，他们身上还有未泯灭的人性？

白文姬犹疑着，不知道自己该怎么办。X 星杂种是人类不共戴天的仇人，他们该被千刀万剐。白文姬想起地面站和武器研究所那些身体扭曲的尸体，想起女儿，仇恨立即把她的血液烧沸，眼前阵阵发黑……她强迫自己冷静下来。她想，这些 X 星人是人类的直系血亲，是留存人类文明的最后希望。她当然恨他们的残忍暴虐，但是……想想人类历史吧，想想白人对黑人、印第安人和澳洲土人的伤害；想想那些足够屠杀全人类几次的核武器——那时人类算是进入文明社会了吧，可文明的政治家们为这些杀人武器编造了多少谎言！

人类还是幸运的，在艰难的发展中终于获得自我约束的力量。核武器被销毁了，所有的武器都被彻底销毁了。人类终于克服兽性，获得理智。不过这也是百年前才达到的。这些残暴的 X 星人……不就相当于几百年前的人类吗？

想想这些，白文姬的仇恨没有那么强烈了。她想，这些人性尚未彻底泯灭的 X 星人，总有一天也会告别兽性的。

吉吉杜芝不习惯于没有外壳，瘦弱的裸体在风中瑟瑟发抖。但她忍耐着，呆呆地看着白文姬。她期望着什么？恐怕她自己也不甚清楚，不过，显然是想和白文姬建立起另一层次的交流。白文姬沉默了很久很久，终于慢慢伸过手，去抚摸吉吉杜芝的头发。在她缓缓伸出手时，吉吉杜芝像一头狼崽子那样紧张地奓着颈毛，等到白文姬把手按上去，她浑身一激灵，似乎立即要蹿跳起来，但她控制住自己，慢慢平静下来。白文姬轻轻抚摸着她的脏发，问：

"你——叫什么名字？"

"吉吉，吉吉杜芝。"

"那个男孩呢？"

"波波尼亚。"

白文姬缓缓地说："吉吉杜芝，我知道你喜欢波波尼亚，知道你想变得和我一样漂亮，让波波尼亚永远喜欢你，对吗？"

吉吉杜芝狂喜地点头。

"也许，你还想做母亲，让一个胖乎乎的孩子吸着你的乳头入睡？那好，我可以教你。现在你应该去洗澡，明白吗？洗澡，沐浴，清洗掉身上的污秽，让你的头发变得光亮柔软。我会教你穿人类的衣服，穿女人的时装。时装，懂吗？就是最新样式的女人的衣服，女人的衣服绝不应该是一成不变的。我还要教你使用香水和唇膏，教你保养皮肤，保养乳房，你很快就会变漂亮的。但你首先要下定决心，永远抛弃这具钢铁外壳。"

吉吉杜芝听懂她的话，至少听懂大意。她扭头看看地上的钢铁外壳，显然，她不愿意抛弃它，因为它已成了身体的一部分。白文姬知道她的心理，仍坚决地说："去吧，和波波尼亚商量一下。我还会教你们地球人的礼仪，地球人的风度，但你们不能穿着机器外壳去学这些，机器外壳与这些东西是水火不相容的。究竟该怎么办——你和波波尼亚决定吧。"

吉吉杜芝走了，很长时间没有返回。大约一个小时后，牢门忽然打开，守卫探进头，语调生硬地说：

"你——可以——出来。"

她走出牢房时，守卫已经撤走了，屋内空荡荡的。这间住宅的原主人显然是一位书画家，屋内布置得古色古香，很有情趣。正厅中挂着花鸟鱼虫四扇屏，博古架上摆放着很多古玩，屏风旁放着将近一人高的祭红花瓶。在卧室的合影相片上，祖孙三代人其乐融融地笑着。书画间里有许多已完成的书画，书案上用白铜镇纸压着一张宣纸，纸上只写了两个大字"空明"。墙上挂着七八种中国乐器，有横笛、琵琶、二胡、古筝……白文姬仿佛看到相片上那位白须飘飘的老人在挥毫作画，他的脸上浮现着恬然的、与世无争的笑容。

可惜，这种文人雅趣永远成为历史了。她怅然地取下一把二胡，调弦试音。二胡很不错，音质清亮优美，她坐下来，顺手拉出一串乐音，这是《光明行》的旋律，于是她静下心来，演奏二胡名家刘天华的这首曲子。

她听见钢铁的脚步声，眼角余光看到波波尼亚和吉吉杜芝进来，站在她身后入迷地听着。白文姬拉得很投入，一直把曲子拉完。转回头，看见两人非常惊奇地盯着她手中的二胡。波波尼亚问：

"这是——什么？"

"二胡，一种中国乐器。"

"什么是乐器？"

"乐器就是……用吹、拉、弹、拨等方式能发出乐音的东西。在 X 星上是不是没有乐器？"

"没有。"

"没有音乐？你们会不会唱歌？"

从两人迷茫的表情看，他们对这些基本的概念没有任何的了解。

"那么体育呢？打篮球，踢足球，跳高，赛跑，划船……"

两人摇着头。白文姬怜悯地看着他们，轻声叹息道："我可以慢慢教你们的，很快你们就会知道，世界上有许多事情比杀人更为高尚和愉快。不过你们首先要脱下这具铁壳，你们做出决定了吗？"

波波尼亚和吉吉杜芝肯定已商量过了，他们没有犹豫，同时伸手在肋下按了一下，机器外壳分成两半，带着沉重的声响摊在地上。现在她面前是两个裸体的少男少女，瘦弱又污秽。他们似乎没有羞怯的概念，眼睛直直地盯着白文姬，等候她的吩咐。

白文姬领他们来到卫生间，这套住宅是双卫生间，每人一个。她在浴池里放了热水，又把香皂、洗发液、沐浴液、洗澡巾找出来，耐心地告诉他们使用的方法。做这一切时，她心中觉得发酸，觉得发苦，因为这令她回忆起为呱呱洗澡的场景。

两人照她的吩咐，胆怯地跨进浴池，淹没在氤氲的水汽中。白文姬在两个浴池之间来回走动，教他们如何洗浴。波波尼亚这会儿舒服地仰卧在水中，只露出脑袋。白文姬在门外看着，心中突然起了冲动，她想冲进去按着波波尼亚的脑袋淹入水中，那样可以轻而易举地结束两人的性命。然后她将继续自己的复仇事业。她已了解外星人的真相，知道在机器外壳中是相当羸弱的肉体，她会找出机会消灭他们的……白文姬犹豫着，叹口气，放弃了自己的复仇计划。毕竟，这两个兽性十足的年轻 X 星人已显露向善之心，爱美之心，自己要做的不是杀死他们，而是教化——尽管她知道这种教化比杀人更为困难。

她到衣柜里为两人找到尺码合适的衣服，给吉吉杜芝预备的是一件露背连衣裙，一双襻带很细的中跟皮凉鞋，内裤和文胸。为波波尼亚准备的是一双网球鞋，白色运动裤，T 恤衫。两人都洗完了，连身子也不知道擦，湿淋淋地来到客厅，等待白文姬的安排。白文姬让他们回到各自的卫生间，她去帮他们穿戴齐整。

她的主意是对的，当波波尼亚和吉吉杜芝看到焕然一新的对方时，眼中都露出惊喜的表情。他们穿着衣服还很不习惯，动作显得僵硬，但无论如何，这和洗浴前那两具污秽的躯体不可相提并论。现在，少男少女的性器官都被掩盖住了，但这种掩盖反倒更能引起神秘的想象。白文姬拍拍手，把他们的注意力唤回：

"好，我不想耽误时间，马上就开始我们的教程。第一课是教你们如何走路——像地球男人、女人那样优雅地走路。随后教你们健美操，使你们的身体变得强健而优美。我还会教你们乐器，教你们各种知识……现在我们开始吧。"

第三章

转眼半年时间过去了，皑皑白雪代替了夏天的林木葱茏。X 星人在地球牢牢扎下了根，他们接管和控制了原来的电力系统、交通系统、邮电系统，当然也包括最重要的食物生产系统。不过他们对食物生产系统作了改造，那些现代化的食品加工厂不再生产火腿、牛肉罐头、三明治、饼干、可乐等，而是纯一色地生产能量合剂。地球太富饶了，生产的能量合剂足够 300 亿 X 星人食用，所以自从他们在地球安家之后，工蜂族便以几何级数爆炸般地增殖。

不过，一种颓废、无所事事的风气迅速蔓延开来。在长途奔袭地球之前，X 星人曾作了最坏的打算（想想光盘上所显示的地球上的发射井、太空激光武器、电磁炮和杀手卫星吧），他们曾打算把战争进行 10 年，打算死去十分之九的战士。但他们没想到地球人会如此不堪一击。现在——他们干什么？敌人已全部消失了，自动化生产线源源不断地送出能量合剂，而他们一天只能喝一瓶，如此而已。他们还能干什么？那具强健的机器外壳还有什么用？

不过，X 星人很快找到了寄托——酒。原来世界上还有这么美妙的东西，可以让人忘掉一切烦恼，沉浸在虚幻的神奇的幻境中。酗酒之风在 X 星人中迅速传开，茅台、五粮液、二锅头、威士忌、雪莉酒、青岛啤酒……街上到处是步履不稳的行人，地上横躺着拎着酒瓶的醉汉。

还有些 X 星人则是寻找另一种寄托。他们大多是贵族子弟，是波波尼亚的朋友和伙伴。他们看到波波尼亚形体上的变化，更看到吉吉杜芝和白文姬的魅力——天哪，原来女人还能有如此的魅力！于是他们也逐渐加入白文姬的学生队伍。他们大都舍不得完全丢弃钢铁外壳，不过他们很识趣地把外壳留在白文姬的门外，穿着地球人的服装走进教室。白文姬对此佯装不知。

紧张的教学对白文姬也是一种麻醉，可以让她少去想失去的亲人。有时她会陷于深深的怀疑和自责，不知道自己的所作所为是不是对地球人的背叛。她所尽力教化的是些什么人？个个是双手沾满地球人鲜血的刽子手啊，不过她必须克服这种怀疑和自责，她相信自己干的是唯一正确的事，她要使这些杀人狂脱胎换骨，延续地球文明。

但她无法排除心中的孤寂。她常常想起一位与自己同名的古人蔡文姬，她在战乱中陷身于匈奴人中，有家难回，食膻闻腥。蔡文姬是著名文学家蔡邕的女儿，本人也具有极高的文学修养，这和匈奴社会的野蛮构成强烈的反差。在痛苦中麻木不算痛苦，在痛苦中能自省才算是真正的痛苦啊。蔡文姬把有家难回的悲愤凝于她的名作《胡笳十八拍》中，昭示于后人。

白文姬想，比起蔡文姬来，她要更为不幸。蔡文姬身边还是人类，而她周围的 X 星人很难称作同类。在对他们授课时，她总是不能排除心中的仇恨，有时，她会把一片杀气带到乐曲中。她在这种极度矛盾的心境中煎熬着。

春天来了。这天白文姬停止授课，让学生们离开，她带着波波尼亚和吉吉杜芝去郊外春游。田野里生机盎然，杨柳枝头是新生的嫩叶，桃花夭夭，梨花赛雪，无人耕种的田野里仍然铺着绿色的麦苗，麦苗是去年散落在地的麦粒长出来的，显得杂乱无章。燕子也已归来，在没有主人的空宅里衔泥做窝。路过一片松林时，白文姬忽然急喊刹车，她跳下去在松枝间搜索着，很久才怅然回到车上。刚才她似乎看见一只松鼠在树间探头，但下车后没找到，也许它是被行人惊跑了。如果她没看错，那它就是次声波袭击后唯一存活的哺乳动物。

看来，大自然在这次浩劫后开始恢复元气了。

山路上行车不多，偶尔会看见一辆车停在路边，一个醉醺醺的机器人卧在汽车旁。白文姬还见过一辆汽车中有一对不穿外壳的男女，他们是她的学生，也是来春游的——现在白文姬的一举一动都是他们模仿的对象。不过他们没来打扰老师，远远地开到另一条岔路上。

后来三人发现，有一辆汽车始终跟在他们后边，波波尼亚放慢速度，等那辆车追上来。驾车人是中书令葛葛玉成，穿着机器外壳，目光冰冷地盯着这边。这时中书令也放慢车速，与他们保持着一定距离，不过他似乎并不在意波波尼亚已经发现他的跟踪。

白文姬疑惑地看看波波尼亚，波波尼亚不在乎地说："是葛葛玉成，他一直反对我和吉吉杜芝跟您学习。"

"他今天来干什么？"

"不管它，他只是一个工蜂族，敢找麻烦我就……"

他想起白文姬不喜欢听粗野的话，把后三个字咽到肚里。

他们来到山中一块平地，绿草如茵，开满不知名的小黄花和小紫花，蝴蝶和野蜂在花丛间穿行。波波尼亚和吉吉杜芝把车上的食物、桌布搬了下来。看着他们的背影，白文姬不禁感叹道，少年是幸福的，他们有一具不受陈规束缚的自由之身。仅仅不到一年的时间，波波尼亚和吉吉杜芝从形体上已完全摆脱机器人的僵硬，他们衣着光鲜，动作潇洒轻盈。尤其是吉吉杜芝，长发柔滑光亮，胸脯也变得丰满，很难把她同一年前那个野性十足的女机器人联想在一起。

中书令葛葛玉成也把汽车停在旁边，下了车，叉开双腿坐在草地上，虎视眈眈地盯着他们。波波尼亚和吉吉杜芝没有理睬他，又从车上搬下来简便炊具。虽然今天是野餐，但白文姬准备得十分丰盛，各种佐料、配菜满满摆了一地。她对波波尼亚和吉吉杜芝说：

"你们去玩吧，我来准备午饭。"

两个孩子跑走了，白文姬点燃炉灶，开始炒菜。她干得十分专心，一点也没注意几米之外那个叉着双腿的家伙。她在绿茵上铺好桌布，把一盘一盘炒好的菜摆放上去，菜香向四周弥漫，然后她喊孩子们回来吃饭。

波波尼亚和吉吉杜芝急不可待地伸手去抓菜，"真香！"白文姬制止了他们，让吉吉杜芝去请中书令入席。吉吉杜芝去了，但葛葛玉成冷漠地摇摇头，从怀中取出一瓶能量合剂一饮而尽，然后仍目光冰冷地盯着这边。吉吉杜芝走回来，恼怒地说：

"不要理他，那是个老顽固，绝不会改变食谱的。"

白文姬递过去刀叉，自己则使用筷子。两个孩子大吃大嚼，说："真香！这些菜都叫什么名字？"白文姬介绍说："这一盘是糖醋鲤鱼，这一盘是手抓羊肉——可惜用的羊肉是罐头肉，如果用鲜肉才好吃呢，只是地球上的羊都在那次袭击中丧生了……这一盘是金钱发菜，这一碗是龙井竹荪汤，都是山珍野味。这些菜肴与你们的能量合剂相比怎么样？你们还会喝能量合剂吗？"

波波尼亚和吉吉杜芝笑着摇头——这是真正的笑容，不是钢铁组元拼成的怪笑——说他们永远不会再喝那令人作呕的能量合剂了。

"那么，机器外壳呢，你们还会再穿吗？"

两人心虚地互相看看，没有回答。白文姬一月前曾发现两人偷偷穿上机器外壳，当强大的力量又回到身上时，两人都狂喜地叫喊着，用力踢着墙壁，拗断铁椅，发泄着力量的快感。白文姬没有制止他们，叹息了一声离开了。她相信两人一定听到了她的叹息。半个钟头后，脱了外壳的波波尼亚和吉吉杜芝又回到教室，闭口不提刚才的事，白文姬也佯装不知。

在那之后，波波尼亚和吉吉杜芝没有再穿过机器外壳，他们毕竟年轻，很快就抛弃了X星人的野蛮和残忍。白文姬在开始教化他们时，只是一种无奈的选择，也带着从"内部瓦解敌人"的阴谋，但现在她开始真正喜欢这两个孩子了。

野宴十分丰盛，尽管两人狼吞虎咽，餐桌上还剩下不少食物。波波尼亚忽然端起一盘牛排向葛葛玉成走去，白文姬听见他死缠烂打地非要葛葛玉成尝一口，但中书令态度威严地一再拒绝。最后，波波尼亚无奈地回来，低声骂道：

"我如果穿着机器外壳，非把这根牛排捅到他喉咙里，这个老东西！"吉吉杜芝怕白文姬生气——她知道白文姬一直讨厌提机器外壳这几个字——担心地看看老师。白文姬没有生气，扭头看看阴郁恼怒的中书令，笑了起来。波波尼亚和吉吉杜芝也开心地笑了。

葛葛玉成知道笑声是冲着自己来的，愤怒异常。X星人，尤其是奇奇部落的战士是不允许这样放肆的，他们只能规行矩步，目不斜视。他们应该喝先人造出的能量合剂，而不应该吃这些乱七八糟的东西。葛葛玉成是工蜂族，按说是没有可能位居高官的，但帝皇奇奇诺瓦赏识他的才干，把他从卑微的工蜂族中破格提拔，才有了他的今天。所以他对奇奇帝皇感恩戴德，忠贞不贰。

他比任何人都更敏锐地看到白文姬的危险。不错，她只是小王子的一个女奴，是地球人唯一的幸存者，她即使有再大的力量，再深的心机，也无法让地球人和地球社会死而复生！帝皇奇奇诺瓦就是这样看的，当葛葛玉成向他进言，要约束波波尼亚和吉吉杜芝的行为时，帝皇付之一笑，把这看成是小孩子的胡闹。

不，不能再让这个巫婆留在波波尼亚和吉吉杜芝身边了，她已经在悄悄改变X星年轻人（首先是贵族青年），也许某一天，她会把所有X星战士都变成只会穿衣打扮、吃喝玩耍的废物。

葛葛玉成站起来，怒视着那个美貌的地球女人，上车走了。

第二天，白文姬正在健身房里领孩子们训练，侍卫长刚刚里斯忽然来了。他站在大厅入口处，一言不发，盯着这群赤身露体的青年。慢慢地，青年们发现他，也看见他的怒容，便一个个悄悄溜走了。只有波波尼亚和吉吉杜芝留下来，跟着白文姬把这节课做完。

三人用毛巾擦拭着汗水，向刚刚里斯走去。刚刚里斯恼怒地转过脸，不愿意看他们半裸的身体。他们（波波尼亚和吉吉杜芝）竟然不穿外壳，穿着这么短的衣服，裸露出肌肉丰满的四肢，女人露出丰满的半个胸部，在他们身上还能看到 X 星人的样子吗？难怪葛葛玉成那个老东西要向帝皇进言。刚刚里斯是帝皇的家臣，波波尼亚和吉吉杜芝是在他眼皮底下长大的，他不忍心两人被盛怒的帝皇处罚，于是偷偷跑来送信。

但是很奇怪，尽管他认为白文姬的穿戴打扮是邪恶的，仍忍不住想看。她的身躯凹凸有度，拼成美妙的曲线。她的动作潇洒轻盈妩媚，一举一动，一颦一笑都让男人动心，而且这种动心不光是肉欲方面的，它含有更深层次的内容。刚刚里斯是个纯粹的武士，没有什么深刻的见地，但他分明感到对白文姬的敬畏，虽然心中有怒气，但是礼节上仍不敢怠慢。

波波尼亚说："刚刚里斯，你来干什么，也想参加我们的训练吗？"

刚刚里斯瞪他一眼，愠怒地说："葛葛玉成已经把你们告下了，帝皇勃然大怒，估计很快就会召你们进见，你知道帝皇的脾气，怒气上来时他是不会念及父子情分的，你们要赶紧想办法。"

波波尼亚眼中顿时闪出杀气："这只老工蜂！我现在就去穿上

外壳，赶去宰了他。"

白文姬生气地喊："波波尼亚！"

"老师，没关系的，他是工蜂族，王子杀死工蜂族是不会受处罚的。"

白文姬痛心地说："你忘了我的话？你还想穿上外壳？在我心目中没有什么工蜂族，杀人都是罪恶！"

波波尼亚怒气未消，但顺从地停住了。刚刚里斯再次交代："快想办法！"他不能在这儿多停，匆匆离去，吉吉杜芝走近白文姬，低声说：

"老师，让我们穿上外壳，万一……我们能保护您。"

波波尼亚说："对，穿上外壳，我和吉吉杜芝保护您！"

四只眼睛望着白文姬，等她的吩咐，白文姬沉思片刻，嘴角绽出微笑：

"不，不必，不要穿外壳，相反，要穿上最漂亮的衣服，打扮好，用最好的风度去见你们的帝皇！"

波波尼亚和吉吉杜芝很担心，他们知道帝皇奇奇诺瓦暴戾的性格，也许这次的公开顶撞会让三人都送命。但既然白文姬老师已经决定，他们自然要听从，X星人是从不珍惜生命的。

三人梳洗打扮，换好衣服，帝皇派来的侍卫也到了。侍卫宣读了诏令，又悄悄对波波尼亚说，帝后让转告他们，这次见帝皇一定要穿上外壳。波波尼亚威严地说："知道了，你先回去复命，我们马上就到。"

侍卫走后，白文姬请波波尼亚稍待一会儿，她走进自己的卧室，在一张全家合影前点上一束藏香。青烟袅袅上升，屋内弥漫着浓烈的异香。波波尼亚和吉吉杜芝跟进来，不解地盯着那束香，白文姬低声解释：

"这是地球人悼念死者的礼节。我的家人去世快一周年了，我不知道周年来临时我还能否回来，所以把纪念提前。"

她说得很平静，她的悲伤已经被消磨，没有尖锐的刺痛。波波尼亚和吉吉杜芝互相看看，赧然垂下目光。一年前，X星人突袭得手后，他们像所有X星人一样兴高采烈，那时他们从没想到，60亿地球人的死亡是很痛苦的事。现在他们感到内疚，但两人拙于世故，不知道该如何安慰白文姬，只有尴尬地沉默着。

白文姬看到他们的样子，心中涌起一股暖流。看来她的决定没有错，至少在波波尼亚和吉吉杜芝身上，已显示出人性复苏的迹象。她抛掉悲伤，对两个孩子说：

"走吧。"

帝皇奇奇诺瓦跟前仍是御前会议的老班子。帝后担心地看着盛怒中的丈夫，不知道那只老工蜂进了什么谗言，但显然丈夫十分震怒。说实在话，她对波波尼亚和吉吉杜芝也很不满，来到地球近一年来，他们完全被那个地球女人迷住了。他们公然脱掉外壳，穿着奇形怪状的地球佬的衣服；他们不再服用能量合剂，吃那些名堂繁多的地球佬的饭菜；他们甚至不常回到母亲身边，却一天天泡在地球女人那里。但尽管不满，波波尼亚毕竟是她的儿子，刚才她暗地嘱咐侍卫传了话，现在她担心地等待着。

波波尼亚和吉吉杜芝来了，帝后果果利加惊慌地发现，他们不仅没穿外壳，反倒穿着更为光鲜的地球佬的衣服。波波尼亚穿着浅色长裤，紧袖绣花衬衣，吉吉杜芝穿着背带式短裙，皮凉鞋，两人手拉手含笑着走进来。果果利加无法形容他们的步态，但她不得不承认，这种步态很轻巧，很好看，与 X 星人那僵硬的机器人步伐完全不同。

这么多天来，她第一次仔细观察波波尼亚和吉吉杜芝，发现两人的体格变化了，头发蓬松光洁，胸部和胳膊变得丰满。甚至连他们的目光也变了，变得自信聪敏，没有了 X 星人的愚鲁和残暴。

在他们之后是那个地球女人，她穿着一件洁白的露背晚礼服，衣裙曳地，面含微笑，走起路来就像在水面上漂浮。她的乳胸十分丰满，把衣服顶得胀鼓鼓的。纵然以一个女人的眼光，她也看出了白文姬绝顶的漂亮。白文姬紧紧吸引着帝皇、掌玺令、侍卫长的眼光——甚至中书令也逃不脱她的吸引，不过他用仇恨把这种吸引力抵消了。

奇奇诺瓦阴沉沉地盯着白文姬，白文姬则坦然地迎住他的目光，屋内气氛紧张。很久，奇奇诺瓦才冷冰冰地问：

"是你教唆王子和吉吉杜芝不穿机器外壳？"

白文姬平静地说："对，他们有这么漂亮的体形，为什么要禁锢在机器外壳中呢，毕竟，你们在 X 星的祖先，即第一批地球的移居者——并没有穿外壳。"

"你一直在教他们学一些乌七八糟的地球佬的东西？"

"我在教他们学很多东西，至于是不是乌七八糟，你们可以让王子和吉吉杜芝演奏乐器、唱歌、做健美操，然后再给出评价。"

奇奇诺瓦沉默了很久，突然问："你想让他们变成彻头彻尾的地球佬——以此来实现你的复仇？"

波波尼亚和吉吉杜芝的心猛地悬起来：这话说得够重了，它足以构成杀人的理由。但白文姬并没显出惊恐，她悲凉地说：

"一年前，我的亲人和 60 亿地球人在一夕之间死于非命。为此，我曾杀死 10 名 X 星人为他们报仇，如果可能，我会杀死所有的 X 星人。但后来我的想法变了，我想，让 X 星人脱离野蛮，继承地球文明，这才是我最该做的事，毕竟你们也是地球人的后代啊。"

波波尼亚不知道这些话会不会惹恼父王，他紧张地观察着。帝皇冷着脸沉默了很久，忽然换了话题：

"你还教唆波波尼亚和吉吉杜芝食用乌七八糟的地球食品？"

白文姬笑了，知道胜利已经在望："对，那是些非常美味、非常丰富多彩的食品。我相信只要你们尝一尝，就会厌弃那刻板的能量合剂。地球上一位古人说过，'夫人情不能止者，圣人弗禁'。你们为什么要禁止人们口腹的享受和精神上的享受呢。"她继续大胆地说，"请帝皇允许我为大家做一顿饭菜，大家吃完后再做结论吧。"

满屋的 X 星人为她的话感到吃惊，他们想帝皇马上就要勃然大怒了。但帝皇只是沉默着，很久才说："好，你去做吧！"

满座皆惊，白文姬则欣慰地笑了，知道自己的策略已经胜利。她并不是没一点把握地冒险，在此之前，她已经知道波波尼亚曾让父王吃过地球的食品，而这位帝皇并没表示反对；还有，在帝皇与她在牢房的第一次见面中，白文姬从他的目光里看出了对美的爱慕。所以她知道奇奇诺瓦并不是一个顽固透顶的家伙，从某种程度上说还是比较开明的。

帝皇派侍卫去白文姬家里取来各种食品原料和作料，白文姬换下礼服，开始到厨房里掌厨。在准备饭菜时她交代波波尼亚和吉吉杜芝为大家演奏乐器，两个孩子都相当聪明，仅仅学习一年时间，乐器演奏已游刃有余。白文姬在厨房里忙碌时，能听到波波尼亚的笛子独奏——《鹧鸪飞》；吉吉杜芝的小提琴独奏——《梁祝》。他们的演奏还不流畅，时有凝滞之处，但足以让人享受到音乐的美感。

她很快炒了十几盘菜，由于原料全部取自罐头，菜肴的色香味难免打点折扣，但总的说来还算一应俱全，有拔丝山药、鱼香肉丝、蟹羹、枸杞竹笋、松仁玉米、回锅蹄髈、葱爆三样、扣三鲜等。侍卫临时找来一个大饭桌，把菜摆上去。白文姬从厨房出来时，见厅堂里紧张的气氛已消除，波波尼亚和吉吉杜芝依偎在帝后的钢铁身躯旁，正讲解着各种乐器的名称，而帝皇、帝后乃至掌玺令、侍卫长都很感兴趣地听着，只有中书令十分恼怒——那个钢铁面孔上的怒容看起来真滑稽！但他却无可奈何。

白文姬为波波尼亚和吉吉杜芝发了筷子，为其他人发了刀叉，微笑着请大家进餐。大家都盯着帝皇，帝皇终于用叉子叉起一片竹笋，放在嘴里慢慢咀嚼，面孔上没有什么表情。帝后、掌玺令和侍卫长也都拿起了刀叉，只有中书令脸色阴沉地干坐着。

吃了一会儿，波波尼亚调皮地问父王：

"父王，白老师炒的菜好吃吗？"

帝皇哼了一声，没有回答，他把注意力引向中书令："葛葛玉成，你也吃！"

中书令倔强地说："我决不吃地球佬的食物！"

帝皇的脸色慢慢变了："你敢违抗我的命令？"

"我宁可违抗你的命令，不愿坏了祖先的规矩！"

周围的人为他捏了一把汗，帝皇怪异地笑笑，说："好，我成全你。来人！"

两个钢铁侍卫应声赶到，把中书令夹在中间。眼看饭局就要变成杀人场，白文姬皱着眉头向帝皇转过脸，尽管讨厌中书令，她也不想中书令为此丢掉脑袋。但帝皇已经下令了，不过这个命令是那么匪夷所思：

"来人，撬开他的嘴巴，把饭菜往里面塞！"

两个侍卫兴高采烈地执行命令。中书令和他们同属于工蜂族，但他们素来对这个鼻孔朝天的老家伙没有好感。他们起劲地撬开他的嘴巴，抓起菜肴往里硬塞，很快就把中书令弄得狼狈不堪。

中书令大声喊："别塞了，我吃！我吃！"侍卫住手了，中书令愤怒地喊道："我吃！坏了祖宗规矩，罪不在我！"

他恼怒地闭上眼睛，把菜肴胡乱往嘴里填。奇奇诺瓦哈哈大笑，周围的人也都笑了。

饭毕，帝皇命令侍卫随中书令回家，要监督他食用地球佬的食物至少三天，不吃就照这样处理。然后，他像是随意地宣布了一条诏令：

"从今天起，不再限制 X 星人食用地球食物，也不再明令禁止 X 星人脱去外壳，毕竟战争已结束了。"

白文姬望着帝皇，感触万千。她知道这道命令的意义，X 星人幸而有了这么一位开明的君主，今后一定会慢慢脱离野蛮，接受丰富多彩的地球文明。她确信，X 星人会在地球牢牢地扎下根，对此，她不知是应该高兴还是悲伤。

又是一年过去了。奇奇诺瓦所捅开的小小蚁穴已经变成滔滔洪流。几乎所有年轻的 X 星人都脱去了钢铁外壳，穿着地球人的时装，吃着地球人的食物，唱着地球人的歌曲，学习着地球人的社交礼节。在所有方面，他们都如饥似渴地向地球人学习。白文姬知道这并不是她的一己之力造成的，而是因为地球文化的力量。与 X 星人的半野蛮文化相比，地球文化博大精深，它的诱惑力是无法抵挡的。

当然，白文姬本人也大大加速了这个过程。

X 星人都是直接从地球信息库中去学习。当然，在书籍、音像资料不足以说明的地方，他们也常常请教白文姬。白文姬总会戏谑地说"自己成了八十万禁军总教头"。一般来说，X 星人的问题还没难住过她，因为这些问题大多是常识性的东西。

白文姬太忙了，以至于忘掉悲伤，亲人死亡的第二个纪念日在平静的气氛中度过。

这一天，侍卫长刚刚里斯突然造访。他穿着钢铁外壳，这说明他在轮值，因为平时他也把外壳脱去了。他的身材很魁梧，脱下外壳几乎没使他身高降低，他非常年轻，是一个英俊的方脸大汉。自那次御前会议之后，他对白文姬十分敬畏，也许仅次于对帝皇的敬畏。他常来找白文姬请教一些问题，这个勇猛彪悍的汉子在白文姬面前竟然十分腼腆，常常红着脸，垂着目光，说话显得有点慌乱。

白文姬清楚刚刚里斯对自己的情意，她很珍惜这一点。

但刚刚里斯今天表情紧张，急迫地说："白老师，帝皇正在开御前会议，他要废掉帝后！"

"废掉帝后？"白文姬吃惊地说，"为什么？"

刚刚里斯没有答话，直视着白文姬。白文姬知道了，不由得苦笑。这一年来，帝皇常常召她去，或者轻车简从地来到她的住室长谈，贪婪地询问地球的各种知识。他也脱去机器外壳，个子矮小，又黑又瘦，一双眼睛炯炯有神，充满自信。他的思维十分明晰，虽然他和白文姬总是站在不同的角度上去思考，但对一般问题常常有着相同结论。几次长谈后，两人已建立起很深的默契。

也许这种默契里包含了一个男人对一个女人的爱意，白文姬能看出这一点，却从来没深思过。她在努力帮助 X 星人摆脱野蛮，继承地球文明。她相信自己这样做是正确的，但是，毕竟他们是些双手沾满鲜血的野蛮人，怎么可能同一个野蛮人谈婚论嫁呢？

她没想到事态会发展到这一步。这是典型的奇奇诺瓦的处事方式，他从没向白文姬表白过爱意，但他要废掉帝后，然后捧着帝后的桂冠来向她求婚！白文姬苦笑着，简短地说道：

"快带我去御前会议，快一点！"

今天御前会议的人数扩大了，有几个人白文姬并不熟悉。屋内气氛紧张得快要爆炸，白文姬进去时，掌玺令正在侃侃而谈。侍卫长悄悄告诉白文姬，他属于帝后的果果部族。

"我们以果果部族之名，再次请求帝皇收回成命。帝后并无失德之处，突然把她废掉，恐怕人心不服。"

奇奇诺瓦冷冷地说："我意已决，不要多说了！"

掌玺令平时十分老成，但今天像是换了一个人，他冷笑着说："帝皇废后，是为了那个地球……女人吗？"他原想说"母狗"，但平时他其实对白文姬也是十分敬重的，便临时换了词。

帝皇根本不理不睬，帝后也在座，她的目光中蕴含着愤怒和屈辱。不过她看白文姬时，目光中并没有多少敌意，因为她知道这不会是地球女人的主意。

掌玺令双目喷火，声色俱厉地喊道："帝皇！您是想逼果果部族的战士穿上钢铁外壳吗？"

帝皇勃然大怒，恶狠狠地说："你想威胁我吗？来人！"两名穿着机器外壳的侍卫迅速上前，架住掌玺令的双臂，"把他架出去宰了，我要叫你没有机会穿上铁壳！"

掌玺令愤怒地喊："果果部族的血是不会白流的！"

帝皇恶毒地笑了，简短地吩咐："停下！就在这儿掐死他，不要让他流血。"

侍卫毫不犹豫地掐住他的脖子，很快，他的面庞变得青紫。帝后一下子站了起来，另两名侍卫迅速扑过去，阻挡住她。

千钧一发之际，白文姬高声喊道："住手！"

几名侍卫都住手了，扭头看看帝皇并没有做什么表示，便乖巧地退下去。白文姬把快要昏厥的掌玺令扶到椅子上，悲愤地说：

"你们已经杀死60亿地球人，还不满足吗？还要自相残杀吗？"

这句话说得很重，把大家震住了，包括奇奇诺瓦。他暗自后悔，今天处事过于鲁莽了。白文姬又走到帝后那儿，扶她坐下，然后面带微笑说：

"帝后，我早就想找您商量一件事。波波尼亚在我那儿已经学了两年，十分聪明可爱，我想收他为义子，您答应吗？"

帝后从怒火中清醒过来，明白了白文姬这些话的含意，默默点头。白文姬回头走向帝皇：

"那您就是我的义兄了。义兄，我替波波尼亚求个情，不要废掉他的母后，不要杀害他的舅舅掌玺令，行吗？"

奇奇诺瓦暗暗感激白文姬为他挽回大局，他也知道"封白文姬为帝后"的打算是不可能实现了。从白文姬的所作所为看，她绝不会同意。于是，他果断地点点头。

白文姬笑容灿烂："很高兴一场误会消除了，喂，掌玺令，还有你的事情呢。波波尼亚已经18岁了，是否该为他选妃了？我看吉吉杜芝就很合适。你说呢，要不要在这次御前会上讨论一下？你们开会吧，我该退场了。"

帝皇过来拉住她，心怀感激，但没有形之于色，"我宣布，从今天起，白老师成为御前会议的固定成员。你坐下吧。"

白文姬没有推辞，微笑入座。周围的人都以尊敬的目光看着她。

第四章

白文姬在 X 星人社会中生活了近 50 年，赢得社会的普遍尊重。作为御前会议的一员，她一般不大发表意见，但只要她发表意见，常常就是会议的定论。她的学生数以万计，而"白老师"便成为一个专有称呼了。

　　不过她的心境并不平静，每年 5 月 26 日，她会在亲人的灵前上香，悼念自己的父母、丈夫和女儿，也悼念 60 亿地球人的冤魂。这时，她内心深处常常出现一个声音："你以德报怨，帮助双手沾满鲜血的 X 星人脱离野蛮，进入文明时代；你帮他们避免自相残杀，在地球上牢牢站住脚跟。你的所作所为对得起 60 亿冤魂吗？"

　　她相信自己做着正确的事，但她无法消除这种自我谴责。

　　她还常常感到渗入骨髓的孤寂，虽然她桃李遍天下，虽然波波尼亚和吉吉杜芝一直待她如生母，虽然她与奇奇诺瓦、果果利加、刚刚里斯都是要好的朋友，但她仍免不了这种孤寂之感。毕竟，她是唯一的地球人，而 X 星人尽管在迅速融入地球文明，毕竟他们是外来者，他们身上还带着深深的 X 星烙印。

　　她在这种矛盾的心境中生活着。不过，她从没懈怠过自己的工作，直到 75 岁那年她撒手人寰。

　　人寰，这个词儿没用错，因为在她去世时，X 星人已基本融入地球文明。年轻人衣着入时，弹奏着施特劳斯、莫扎特、李斯特、刘天华和阿炳的琴曲，吟着济慈、泰戈尔、李白的诗句。沙滩上，女郎们尽情展露她们迷人的曲线，婴儿们趴在母亲的乳房上尽情地吮吸。工蜂族几乎在一夜之间消失了，他们全都恢复了自然生殖方式。X 星人贪婪地学习地球人的一切知识，当然也包括历史。

在 X 星人的历史书上，坦率地记录下那个血腥的时刻，并把它视作新地球人的原罪。不要奇怪他们的变化如此之快，他们只不过是向岔路上走了一段后，又回到本来的人生之路罢了。

白文姬去世半年后，年迈的奇奇诺瓦也去世了，波波尼亚继任为奇奇诺瓦六世。登基后他立即颁布一道诏令，追封白文姬为国母，千秋万代地享受新地球人的祭祀。她是新地球人的始祖，是新世纪的女娲。地球上原先建造的 A 形纪念塔被拆除了，代之以白文姬的塑像。奇奇诺瓦六世还把诏令发回 X 星，在母星上也建造了白文姬的雕像。

雕像是以 50 年前的白文姬为模特儿，那也是波波尼亚第一次见到白文姬的时刻。一尊裸体的母爱女神，饱满的乳房，美极了的胴体，遥望着远方，平静的目光中微含凄凉，似乎在召唤远方的孩子……只有一点与塑像的基调不大符合——她的手腕上戴着一副银光闪闪的手铐。

新地球人是以这种方式表示永远的愧疚。

我讲我爷爷的故事 / 阿缺

宇宙拓荒者的恋歌

我来给你讲述我爷爷的故事。

本来，这个故事应该由我的奶奶来讲，她见证了我爷爷的大部分生命，她讲述的视角将更加真实和全面。但我奶奶压根儿不愿意提起我爷爷，只有在她弥留之际，神志昏沉时，才会在深夜里愤愤地骂着那个早已离开的男人。

这个故事便是从零碎的梦呓中整理得来的。

我的爷爷出生在拓荒纪元中最疯狂的年代。那时，人类舰队在宇宙的黑渊中行进，一千亿人沉睡着，只有当检测到宜居星球时，才会使一百万人苏醒，投放到那个星球上。这一百万人负责这颗星球的改造，而剩下的人继续航行。人类的版图向四面八方扩张。

我爷爷所在的星球，叫芜星。讲到这里，你或许觉得能从名字猜出这颗星球的情况来，但你错了——事实上，芜星比你想象的更加荒凉，比你中年以后秃顶的头皮更加贫瘠。

我爷爷是芜星第九代居民，从小就不老实，十五岁时，他彻底厌倦了芜星一成不变的景色。当时对芜星的改造主要是依靠农业，我爷爷看着人们每天顶着两轮毒日，在田地里弯腰耕作，心里充满绝望。在他的理想里，他属于星辰大海，属于舒适悠闲的舰队，而不是污水横流、臭气熏天的改造田。

在理想和现实的极大反差下，我爷爷激发了他的潜力。那时，每天晚上，他都跟与他同龄的伙伴们描绘重归星舰后的美好景象。

"只要我们回到星舰，找一个冬眠机睡下，醒来的时候，说不定联盟已经停止拓荒了。那应该是几百或几千年后，我们就能享受现在的人种下来的果实了。亨利，我知道你想吃肉，那时候，嘿嘿，油腻腻的肥肉吃到你想吐！"

精瘦的少年亨利下意识地吞了吞口水。

"还有你，徐家声，不是一直想着女人吗？告诉你，到时候联盟资源富裕，你想要什么样的女人，胸大的，屁股翘的，腰细的，都能给你造出来。"

徐家声发出了比亨利更大的咽唾沫声。

我爷爷在耗尽了想象力和口水之后，终于让伙伴们达成共识：不能生活在这个年代！一定要回到星舰，在冬眠机里让时光流淌而过，等艰苦卓绝的拓荒纪元结束，在平安享乐的繁华世纪里苏醒。

为了这个共识，他们想尽了办法：破坏耕种机器，故意打架闹事，夜晚大声唱歌影响别人休息……做这些捣蛋事的唯一目的是想让负责这一片改造队的赵队生气，将他们送回星舰反省。但事与愿违，赵队总是笑呵呵的，每次都是抓到他们当场就放了。

情急之下，我爷爷的领袖才能也体现出来。他每天留心观察，发现隔一个月就有几艘飞船启航，在舰队与芜星之间运送物资。我爷爷打上了这艘飞船的主意。

"要是被发现了怎么办？这可是大事，联盟的法律这么严，我们肯定会受惩罚的。"徐家声得知我爷爷要抢飞船，脸都吓白了。

我爷爷却满不在乎地摆摆手，说："我们都不是成年人，即使被抓到，赵队也不会真把我们怎么样。你放心，只要抢上了，我们就立刻去追星舰。"

于是，这群少年趁着两轮太阳都沉入天际的时候，悄悄来到了港口。十几艘飞船停在那儿，在夜色中如同一个个庞然巨怪。我爷爷选了其中看守最少的一艘，几个人一拥而上，将两个卫兵撂倒，然后进船把其他人制服。这个过程颇为成功，简直可以给后来横行在各星际航道中的海盗当作抢船劫货的典范——如果不是我爷爷骤然发现飞船上没有燃料的话。

我爷爷当机立断，把人质扣押了，给赵队打电话："赵叔叔？"

赵队除了掌管这片区域的开发改造，也负责对未成年拓荒者的教育，因此很熟悉爷爷的声音。他在通信器的另一头漫不经心地说："是小李啊，又怎么了？"

　　"是这样的，"我爷爷有些不好意思，"呃，赵叔叔，我抢了一艘船，扣押了七个人质。船上没有燃料，要不，麻烦您送点儿燃料过来，我把人质还给您？"

　　"你要飞船干什么？"

　　"我不想在芜星待了，我要回星舰。"

　　"好，我马上过来。"

　　当时港口已经聚集了很多宇航员，七手八脚地指着我爷爷一伙人。我爷爷见其他同伙都已经脸色发青了，低声骂道："没出息的！等赵队拿来了燃料，我们就回星舰了，肉和女人……"

　　我爷爷还没有把美好景象勾勒出来，赵队就来了。他是一个人来的，没有带燃料，他脸上还是笑眯眯的表情。他说："小李啊，别闹了，放下枪，把人质也放了，跟我回去。"

　　我爷爷心里知道没戏了，他当然不敢真的杀人质，但又不愿意功亏一篑。他跟赵队僵持着。赵队也不急，扳着指头给他算："一方面，我是不可能给你燃料让你走的，要是每个人都像你们这样偷懒想拿现成的，联盟就垮了。另一方面，你没胆子杀人，也开不走飞船。你看，还是留下来吧。"

　　僵持了三个芫星时，我爷爷终于放弃了，一群少年垂头丧气地鱼贯而出。被扣押的船员咒骂着要打他们，赵队拦下了，笑嘻嘻地说："算了，都是孩子，不懂事。"

　　"现在是孩子就敢拿枪劫船，等成年了，不知道要干出什么事情来！"一个船员脸都憋红了，嚷道。

　　"你说的也是。"赵队按按太阳穴，叹了口气，"那就给他们一点儿惩罚吧。"他叫住了我爷爷一伙人，手指在他们的脑袋上点来点去，"一二三四五六七，点到谁，就是谁。"

　　他的手指最后落在徐家声的头上。

　　"小徐啊，别怪我。"说完，赵队掏出刚刚没收的枪，顶在徐家声的后脑勺上，手指扣动扳机，"哗"，蓝色的激光穿透了徐家声的脑袋。激光带来的高温让徐家声的创口瞬间凝固，一丝血都没有流出来。他像是木头一样栽倒在港口冰冷的地面上。

　　"从现在开始，你们都给我老老实实的！"赵队脸上的笑容变得狰狞，咆哮着，"只要我发现你们再闹事，我就打死你们！敢动歪脑筋，我打死你们！敢走出营地，我打死你们！敢说一句偷懒的话，我打死你们！"

　　事实上，赵队后来说的话，我爷爷根本没有听见。徐家声的尸体就倒在我爷爷脚下，那双眼睛仍睁着，但没了生气，如同沉郁的沼泽。我爷爷被吓得浑身发抖，牙齿打战，股间有热流涌出。

我爷爷所有的胆量和谋略都随着这泡尿流到体外，再也没有回去过。

在接下来的日子里，我爷爷胆战心惊地活着。他参加了改造队，每天都跟芜星的土壤打交道，勤勤恳恳地耕种。这个曾有着万丈雄心的少年，哪怕抬起头看看天空，都缺乏勇气。

当然，如果我爷爷在日后永远保持这个模样，那这个故事就平淡乏味，丧失了讲的意义。所以我跳过我爷爷兢兢业业耕作的那几年，直接说到改变他命运的那群猪。

到这里，我不得不解释一下，我说的"猪"，没有用任何文学修饰手法。那的确是一群来自地球的仔猪，基因经过改良，肉质鲜美，是星舰专门拨给改造队的。

而我爷爷的新任务，就是饲养那群猪。

最开始，我爷爷十分抵触被分派到猪圈。即使胆怯使他失去了雄心壮志，但对"猪倌"这个称呼的鄙夷，依然让他心不甘情不愿。在接受任命的时候，他蹲在角落里，一根接一根地抽烟，就是不接赵队长的茬。

赵队很快明白了我爷爷的意思，略微思索一下，便让其他人都回去，独我爷爷留了下来。赵队说："你是不是以为我派你去养猪是在整你？"

对赵队长的畏惧还深深留在我爷爷的心里，但他当时硬是只吐出一口烟，头也不抬。

"告诉你，我这是把天大的好处让给了你。"赵队长凑近我爷爷的耳朵，小声说。

他神秘的音调成功勾起了我爷爷的兴趣。我爷爷望着他，说："啥好处？"

"你知道吗，联盟马上就会又派一批人来芜星。"

"这跟我有什么关系？"

"那批来的人，全都是姑娘——都是二十出头的小姑娘，据说出生前进行过基因矫正，个个长得娇俏貌美。"赵队长的声音又低又沉，像是在讲鬼故事一样，"你知道她们为什么来吗？是来扎根芜星的，就是说，她们要在这里找人嫁了，开枝散叶。新规定是这么说的，能吃苦耐劳，有业绩的，就可以优先选择。偷懒耍滑的，最后连屁都捞不着一个。"

我爷爷狠狠吸一口香烟，然后把烟蒂蹍碎，吐出烟雾，站起来握住赵队长的手："谢谢您嘞！这群猪，我要是养不到个个三百斤就让我被猪吃了！"

可想而知，我爷爷对女人的兴趣有多么浓厚。

其实这也可以原谅。在漫长艰辛的劳作生涯中，我爷爷鲜少有机会接触女人。他对女人的了解，来自长辈们粗俗的玩笑和伙伴们偶尔弄来的珍贵影像资料。有一次，一个伙伴用五个月口粮换来了一部名字被涂掉了的全息电影，然后躲在宿舍里看。当时有十几个小伙子围在一起，直勾勾地看着光影变换。电影最开始，是索然无味的男女邂逅场面，接着谈情说爱，在旧时代的地球街道上约会，最后，这对男女走进了一个房间。所有人都隐约知道接下来要发生什么，纷纷屏气，宿舍里连一丝呼吸声都没有。在所有人的目光中，电影里女人身上的衣服一件件滑落，露出粉色内衣。但就在女人的手伸到背后要解开扣子时，那个换来电影的伙伴突然将电影关闭了。

"这毕竟是我用五个月口粮换来的，你们要看，就多少支援我一点儿，每个人给我一个月口粮，我就继续放。"那个伙伴伸出手，"不给的，就出去。"

我爷爷对粉色内衣里的物事感到无比好奇。为什么，为什么那种柔软的突起会令他口干舌燥、身体发热，而有着同样形状的馒头或山丘却不会？

但犹豫了很久，我爷爷最终还是走出了宿舍，原因很简单：他手头没有多余的一个月口粮。

只有四个人选择了留下。事后，我爷爷挨个问他们，但每个人都不肯说。他们像商量好了似的，只告诉我爷爷："能看到内衣里面的东西，那一个月的口粮，真的特别值！"

我爷爷后悔不迭，开始了漫漫积攒口粮之路。但还没等他攒够一个月时，那部电影就被赵队搜了出来，当众销毁，并将看过电影的人一一揪出来。当时我爷爷在台下，看着被惩罚的伙伴们，心情十分复杂，似乎是庆幸又似乎是后悔。

但现在，我爷爷又有了奔头。

我爷爷一边辛苦地养猪，一边盼着那些姑娘早日来芜星。

这一天很快就来了。在一个晚霞密布的傍晚，一艘飞船缓缓降落在营地中央，灰尘四起中，舱门打开了，露出里面一张张好奇的脸。

都是漂亮姑娘们的脸。

营地一下子炸开了锅，没有人工作了，人们纷纷围过来，兴奋地打量着飞船上的人。他们群情激昂，他们唾沫横飞，他们口哨不绝，似乎是一群围住了羔羊的恶狼。

赵队过来维持秩序，姑娘们才敢走出飞船。落日余晖在她们脸上打出了诱人的金色，晚风则拂起她们的秀发，纤腰柳摆，容颜花娇，她们在恶狼的视线里行走，纷纷红了脸庞。

我爷爷来得晚，只能站在人群的后排，焦躁地在一排排后脑勺的空隙间寻觅。

"哎，让让！我看不到。"我爷爷发现他前面的人正是小伙伴亨利。

"让什么让？！"

"有好事一起看嘛!"

"看什么看?!"亨利看得眼珠子都红了,显然什么都听不进去。

无奈,我爷爷只能尽力踮起脚,在有限的视界里搜寻。这时,一个姑娘的侧影进入了他的眼中。她穿着浅绿色衣衫,紧贴身体,由于夕照,她的胸前凝聚一星温暖的光亮,锁骨至腰腹的那一道优美弧线也被光晕勾勒,散发着淡淡的光芒。她显然不太习惯周围这一群男人,略微低着头,紧紧地跟着前方的姑娘。

当天晚上,我爷爷没有睡着。他躺在一群肥头大耳的猪中间,抚摸着它们粗糙的背脊,不时发出"呵呵"的笑声。根据研究,猪在求偶时也会发出类似的声音,所以那天晚上,我爷爷养的猪也没有睡着。但不同的是,猪们想的是同样体肥腰壮的猪,而我爷爷为之辗转难寐的,却是那个有着柔软山脊一样的胸部曲线的姑娘。

打那以后,我爷爷每次赶猪到营地外的山坡上时,都会绕很大一个圈子,经过姑娘们住的宿舍时努力朝里面观望。他总能看到许多美艳妩媚的姑娘们,她们像是点缀在这颗贫瘠星球上的花朵,但他真正想看到的,只是那一个。

姑娘们很快熟悉了这里的环境,不再羞涩,叽叽喳喳地跟路过的男人大声开着玩笑,但那个她却没有。一直以来,她都坐在宿舍的窗前，要么看书，要么托着腮仰望天空。隔着遥远的距离，我爷爷只能看见她隐约的面庞。

次数一多，姑娘们也就察觉到了我爷爷的目的。只要我爷爷的那群猪一出现，她们就会伸出手，指指点点，掩嘴偷笑。那群猪倒是无所谓，像是被笑声鼓励，走起路来越发耀武扬威，鼻孔朝天，大耳招展，一身肥肉抖擞。我爷爷则面红耳赤，低着头，却仍不忘用余光瞟向那个姑娘的窗子。这种胆怯的样子，总让别人误以为，是猪在牵着我爷爷溜达。

哦，我的爷爷啊！难道你不知道吗？如果你想要姑娘，就不应要脸。世间事，都没有两全的。

说回来，我爷爷在营地里也算是个名人，年少时胆大妄为，如今负责一大群猪，都可作为谈资。但我爷爷觉得这两者都不是什么好名声，要是那个姑娘知道了，肯定会暗地里笑话他。

每当我爷爷想起这个，就会愁眉苦脸，叹气不迭。他把那群猪赶到山坡上，让猪自行去吃猪草，自己就抱着膝盖，忧愁地撕扯叶子。他在想如何才能接近那个姑娘，却毫无办法，她像是远在天际的一抹霞，而他是在地上拱草的一头猪。想到这个比喻，我爷爷下意识地去看猪，它们白色的阴影隐在一大片蓝色猪草间，斑斑点点，大声咀嚼。当猪也没什么不好，至少无忧无虑，这样想着的时候，我爷爷就哑然失笑。

"你在笑什么？"

"笑我的猪。"我爷爷回答道。几秒钟后，他才意识到不对，回头一看，然后像受了惊吓般，猛地后退，摔进了一片柔软的草地里。

他身后，是那个姑娘的脸庞。

是的，我爷爷和那个姑娘在霞光遍野的山坡上相遇了。

当我知道这件事后，曾兴冲冲地跑去找奶奶，问她是不是那样邂逅我爷爷的。结果她沉默了几秒，浑浊的泪迅速蒙上了眼睛，然后她抄起棍子打我的背，我就又跑开了。我花了很长时间才想通——那个姑娘，并不是我后来的奶奶。

当时我爷爷兴奋地爬起来，说："你好……你怎么来了？"

"我来这边走走。"那个姑娘说，"这片草地真大，蓝得一眼看不到边，就像是海洋一样。"

"海洋？"我爷爷有些迷糊。他生长在这颗枯芜的星球上，从未见过海洋。

那个姑娘低下了头，笑笑，"我没有见过，但书里讲过。在我们的母星——地球上，有很多很多的水，它们汇聚起来就成了海洋。水是透明的，但海洋却是蔚蓝色的，人可以在里面游泳，还有船在海面上前行。要是天气好，海和天就分不开，因为它们是一样的颜色。"她抬起头，昏黄阴沉的天空倒映进她的眸子，她又低下了头，"我很想见一见。"

我爷爷被那个姑娘所描述的场景震惊了。在芜星，水无比珍贵，每天限量供应，大多数人的嘴唇都是干涩的……但是，以前的船居然是在水面上航行的？难道船不是只能飞行在宇宙里吗？哪里有那样多的水可以承载巨大的舰队？

这份震惊同时又令我爷爷感到羞愧。于是，为了找回面子，我爷爷开始喋喋不休地讲述养猪的技巧和心得。他甚至抓来一头猪，死死按住，给姑娘看猪的各种体征，并说明通过哪些体征能够看出猪的成长状况。

哦，我的爷爷啊，请不要这么做！我都为你这样拙劣的手段感到羞惭！

但是那个姑娘并没有显出不耐烦或鄙夷。她安静地坐在我爷爷身旁，一会儿看猪，一会儿看我爷爷，脸上是娴静的表情。每当我爷爷感到尴尬的时候，她就出声问一句什么，让我爷爷能够继续往下讲。

这个晚上，他们聊了很久，一直到六轮月亮爬上来，他们都没有停下。后来连猪都累了，在他们脚边拱成一团，睡着了。至于他俩到底说了些什么，已经没人知道了，久远的年岁埋葬了一切。或许那晚的风知道，它从他们中间吹过，偷听到了一些凌乱的句子，但它又吹向远方，无力将那些话语讲给四方的人听。

接下来的事情陈旧俗套，我就不一一赘述了。反正我爷爷跟这个叫莎莲娜的姑娘越来越熟悉，见面的次数很多。我爷爷第一次感受到了爱情的滋味，多次在梦境里亲吻莎莲娜——当然，他睡在猪圈里，所以你明白当他在梦里吻着莎莲娜时其实是在吻什么了。

　　按照赵队给的承诺，这一年结束的时候，他就可以正式提出跟莎莲娜在一起了。他觉得莎莲娜是不会拒绝的。

　　但那一年，是无比艰难的一年。当时对芜星的改造已经持续了三百多年，而对于了解一颗星球来说，还是太短。出于尚不了解的原因，那年所有的农作物都枯萎绝收，营地之外，疮痍满目。更糟糕的是，承载人类希望的星舰在遥远星系里遇到了疯狂恒星群的引力陷阱，整个舰队都被引力裹挟，向未知凶险的星域飘去。

　　内无收成，外无供给，整个芜星都笼罩上了饥饿的阴影。为了了解饥饿的程度，我曾专门去问过一个幸存下来的老人。那是傍晚，他刚吃完饭，心满意足地打着饱嗝，但当我让他回忆那场遥远的饥荒时，他立刻陷入了沉默，零星的朽牙一张一合。几分钟后，他站起来，把刚才剩下的食物拿出来，一个人闷头吃完了。我看到老人肚子鼓胀，看到他眼角流下了浑浊的泪水，但还是不停地扒饭，我就转身离开了。

　　让我们将视线重新投回那个时候，看一看笼罩人们的诸多困境。

首先，是能源不足。芜星的夜晚刺骨寒冷，没有星舰供应的反应堆原料，人们只能紧紧裹住衣被，但寒冷还是如蛇一般潜到身体里。每天都有人没有熬过夜晚，再也没醒过来。

其次，是饥饿。库存的食物被耗尽后，人们就忘了吃饱是什么感觉。最初的一阵子，大家都不干活儿，躺在营地里，张大嘴望着天，似乎能从空气里吃出稻子来。再过一阵子，人们饿得躺都躺不下了，纷纷爬起来去觅食。他们跟地球上的蝗虫一样，在芜星的各处翻拣，把一切能吃的东西都吞进肚子里。

最后，是绝望。这一点比前两者加起来都可怕。

人们都饿成了皮包骨头，我爷爷养的猪们却安然无恙。这是一种奇怪的现象，农作物颗粒无收，芜星的野草反而格外茂盛，似乎将所有的营养都掠夺了。人类不能吸收野草里的植物纤维，猪却可以，它们每天在山坡下咀嚼，一个个肥头大耳，像是滚动的肉球。

可想而知，这些猪对饥饿的人们来说，会是多么大的诱惑。

我爷爷深知这一点，因此每天格外警觉，睡觉时都把耳朵竖起来，时刻提防有人闯入猪圈。其实我爷爷也饿得不行，原本一个壮硕的小伙子，硬生生饿成了骨头架子。但我爷爷不能让猪出事，它们是他娶到莎莲娜的希望，它们也是他的朋友，他甚至给每一头猪都取了名字。

一个夜晚，我爷爷正在睡觉，突然听到了猪圈门被撬的声音。他一骨碌翻身而起，拿起钢叉，对准猪圈门。

门被推开，一个人冲了进来，看到我爷爷，愣了一下，央求说："我快饿死了，让我吃肉……"

进来的人是亨利，他比以前更瘦了，在黑夜里如同行走的骷髅。他的衣衫挂在身上晃荡不休。

"不行，这些猪是大家的，最后要上交给星舰。"我爷爷试图劝说，"星舰要通过猪的质量来评定我们生产队的等级，很重要的。"

"星舰都没有了！星舰被恒星抓到了，烧成灰了！管他的呢！现在只有我俩，你给我吃一头——不，我只要一条腿！"亨利说着，抽动鼻子，闻到了猪身上的骚臭味。这难闻的味道却令亨利口水都快流下来了。

"不可能！"我爷爷毅然拒绝。

亨利怪叫一声，猛地扑向猪圈。他翻到猪群里，不顾脏臭，一口咬住了一头猪的后腿。猪顿时惨号起来，后腿乱蹦，正中亨利的面部，踢得他鼻子眼睛里都是血。但他依然没有松口，越发用力，竟硬生生地在猪后腿上咬下了一块肉来。

他不管腥臭的猪血和猪毛，一口接一口，把那块肉给吞了进去。

然后，他停止了呼吸。

我爷爷惊呆了，连忙扑过去按压亨利的肚子，同时把手指伸进亨利的喉咙里抠。所幸，那块肉没有被嚼烂，我爷爷一下子把它扯了出来。

"咳咳"，肺部涌进了新鲜空气，亨利咳嗽着醒过来。他看着地上裹满灰尘的肉，浑身颤抖，眼里满是泪水。"对不起。"过了很久，他低声对我爷爷说，然后踉跄着走出猪圈。

我爷爷失魂落魄地走到猪群中间。猪被亨利的疯狂吓到了，哼唧着，十分不安，全部依偎在我爷爷身旁。我爷爷小心地安抚它们，当他摸到那头后腿流血的猪时，也不禁连声叹息。

然而，饥饿的人并不止亨利一个，其他的人更难对付。在饥饿的驱使下，十几个男人结成了短暂的同盟，他们磨牙吮血，瞅准时机，在一个月黑风高的夜晚袭击了猪圈。

我爷爷还没有醒过来，就被当头一棍给敲晕了。当他醒来时，猪圈已经空了，只有凄凉的晚风在他周身环绕。

"啊……呀……"我爷爷发出含混不清的声音，爬起来，奋力向外面追去。他知道饿急的人什么事都干得出来，自己冲过去，很可能会被打死。但他没有选择——这些猪是他生活的唯一希望。

外面很冷且黑，六轮月亮全部隐进了云层后。我爷爷身上只穿着单薄的衣服，跑起来时，风从他脖子处灌进去，然后从裤管溜出来，将他身上的热量带走。但我爷爷不管，顺着风里面隐约的猪臭味，一路追下去。

我爷爷奔跑的姿势其实很笨拙，手臂和腿都不协调，背上很快冒出了汗，然后又被冷风吹干。他凌乱的头发在眼前晃来晃去。他开始还能呼吸，后面便只能喘息，心脏"咚咚咚"跳个不停。

但他跑得很快。

我爷爷在风里穿行，在黑暗里奔跑，耳边溢满了呼啸声。跑着跑着，他自己都有种错觉：要是这么一直不停地跑下去，快一点儿，再快一点儿，自己会不会像利箭一样刺破夜的外壳，到达另一个世界？

当然，我爷爷并没有找到这个问题的答案。在他看到另一个世界之前，他看到了那群偷猪贼。

那些人牵着猪，也在夜里跋涉。他们想把猪弄到隐秘的地方，慢慢来吃，以使自己度过困境。他们正深一脚浅一脚地走着，一边对深沉的夜咒骂不已，一边为到手的猪暗暗得意。这时，我爷爷突然冲出来，撞倒了两个人。他自己也翻倒在地上。

"怎么回事！"有人怒喝道。

"不知道，刚有个人撞我……哎哟，我的腰……"

几个人跑过来，把我爷爷压住。"见鬼，这不是那个猪倌吗？"他们一下子认出了我爷爷，皱眉道，"刚才是谁负责把他敲晕的？"

"是我……可是我记得我一棍子下去他就不省人事了啊，怎么现在又跟个狗一样蹿出来了？"

"废话少说！罚你少吃一顿肉。"为首的人说。

"那他怎么办？"

"还能怎么办，再给他一棍子，重一点儿！"

我爷爷看到有人拿着棍子走过来，顿时拼命挣扎，无奈对方将他死死按住，他动弹不得。"嘣"，一棍子敲在他后脑勺上，他没晕，只感觉到了脑袋里响起了金属振鸣的声音，还闻到了一丝血腥味。

"去你的，这都打不晕！罚你两顿肉！"

那小子急了，抡圆棒子，猛地挥下来。我爷爷听到棒子刮起的呼呼风声，知道这一棒下来，自己不仅仅会晕眩，恐怕脑浆都要被打出来，于是他闭上了眼睛。

然而我爷爷没有听到脑袋破碎的声音。他耳朵里，只有吭哧的呼吸声、人被撞倒的"哎呀"声，以及纷乱的脚步声。我爷爷睁开眼睛，看到那十几个人都在手忙脚乱地赶猪，倒是没人注意自己了。

是猪救了他。

在千钧一发之际，那条被咬了后腿的猪猛地挣脱出来，撞倒了拿棒子的人，然后向外跑。其他猪也四处乱拱，场面一时乱了套。

我爷爷爬起来，手脚挥舞，在人群里冲撞。他一会儿趁乱扇这个人一巴掌，一会儿又在那个人屁股上踹一脚，就是不让他们顺利地抓猪。偷猪贼很快转移了重点，派几个人把他抓住，狠狠地揍他。

"快跑啊，你们跑啊！"我爷爷一边忍受着雨点般的拳打脚踢，一边大声喊，"麻子，大壮，小毛，花花，阿缺……"我爷爷叫着他的猪的名字，每一声呼喊都快要把喉咙叫破，"你们快走啊，你们是自由的，不要落到他们手里。他们会把你们清蒸、红烧的啊！"

猪们似乎听懂了我爷爷的话，跑得更欢畅了，接连撞翻好几个人，消失在夜色里。

"呵，哈哈哈……"我爷爷欣慰地露出笑容，嘴边有血流下来。

偷猪贼们气急败坏，指着我爷爷喝骂道："都怪他！干，往死里打！"

当然，聪明的你肯定知道，他们最终并没有把我爷爷打死，不然也就不会有我，也就不会有这个故事了。

我爷爷遍体鳞伤，一路爬向猪圈。夜色消弭，天刚破晓时，他才回到熟悉的地方。仿佛是奇迹一般，当他推开猪圈的门时，里面竟然挤满了肥猪，正睁着黑溜溜的大眼睛望着他。

这群猪，在夜色里四处奔逃，然后又不约而同地回到了猪圈。它们依偎成一团，一边瑟瑟发抖，一边等待着我爷爷的回归。

我爷爷爬到它们中间。许多猪鼻子顿时蹭到他脸上，腥热的鼻息扑面而来。我爷爷在奔跑挨打时都没有掉一滴眼泪，这时却忍不住鼻子一酸，泪水唰唰流下。

尽管我爷爷为了这群猪舍生忘死，但终究没有把它们救下来。

因为要杀这些猪的，是赵队。

原因是负责整个芫星生产安全的将军要过来巡视。其实谁都知道巡视是假，到各个生产队混吃混喝才是他此行的目的，但没有人敢阻拦——他是带着军队来巡视的。听说有几个生产队实在没有粮食，硬生生被他给烧了营地。他和他的士兵像飓风一样，走到哪里，哪里最后剩下的粮食就会被一扫而空。

将军到了生产队，对赵队说："老赵啊，你看看，我这些兄弟们一脸苦菜色，好几个月没尝到肉味了，我听说你这里，还养着一群肥猪？"

赵队恨得牙齿打战，脸上却堆出笑容来，说："明白明白……"

那天是我爷爷最悲惨的一天。他耳朵里满是猪被杀死的惨号声，他捂住耳朵，跑得很远，趴在山坡下，藏在茂盛的猪草里，但那些声音还是像蛇一样蜿蜒进入他的脑海。他的麻子，他的大壮，他的小毛，他的花花，他的阿缺……这些有了名字的猪，全部被砍成一块块肉，扔进了大锅里。

那些猪肉被将军和他的士兵们一顿就吃完了，地上满是啃干净的骨头。他们吃的时候，营地的工人都围在四周，闻着肉味流口水，但没有一个人敢进去吃。

只有作为主人的赵队，在猪肉宴上才有一席之位。他跟将军说了许多好话，将军才松口，让我爷爷也进来吃。或许是赵队知道这些猪是我爷爷的心血，过意不去。

我爷爷本来不想答应的，但犹豫过后，还是进去了。原因只有两个，第一，我爷爷实在是太饿了。他也是人，好几个月都在饿着肚子，闻到肉香，胃部好像有搅拌机在搅一样难受。

我爷爷吃第一口猪肉的时候，差点儿把自己的舌头给吞进去。那味道太鲜美了，像传说中的灵丹妙药，吃一口就能得道成仙。

我爷爷也只吃了那一口肉。

接下来，每当士兵把肉端上来时，我爷爷都把衣领拉开，然后用手捂着嘴，把叼住的肉悄悄吐进衣服里。因为人多，分给我爷爷的，总共也就六块肉，他在衣服里悄然藏了五块。

吃完后，将军满意地打着饱嗝，剔着牙，瞅了我爷爷一眼，说："还留在这里干什么，滚吧！还没吃够吗？"

我爷爷点头哈腰，捂着肚子，一步步走向食堂外。

"慢着！"将军的副官突然皱眉说，"你肚子这么鼓，到底是吃了多少肉？"

我爷爷一下子站住了，脑门上汗珠滚滚而落。要是被将军知道他藏了肉，恐怕会当场被激光射穿脑袋。

"嘻，这你可就冤枉他了。"赵队讨好地笑着，走过来，不动声色地把我爷爷的肚子一按，让它没那么明显，"他从小就胃气肿，吃点儿东西，肚子里就满是气，这是给胀的。"

"我说嘛，几块肉哪能吃那么鼓。"将军笑道。

赵队冲我爷爷的屁股抬脚踹去，大声说："快滚吧你！还留着，难道想等肚子里的气放出来，熏死我们？"

在一片哈哈大笑声中，我爷爷低着头快速走出了食堂。

等到了深夜，我爷爷悄悄来到了莎莲娜的宿舍。这个时候的莎莲娜，已经形销骨立，不复以前的红润。她躺在床上，意识昏沉，声息微弱。

我爷爷没有吵醒她，烧了水，然后把藏起来的肉放进去煮。在此之前，他已经把门窗都关得严丝合缝，以防香味泄漏出去。

所以，现在你明白我爷爷答应去吃肉的第二个理由了吧？

莎莲娜是被满屋子的肉香给勾醒的，在迷糊的视线里，她只看到了那一锅肉汤。她从床上爬下来，头磕出了血，径直爬向那锅汤。我爷爷上前扶住她，她没有看到我爷爷，眼睛直勾勾地盯着锅，手向那个方向伸着。

在我爷爷与莎莲娜相处的时光里，她一直是娴静优雅的形象，笑声轻细，举止柔弱。要不是这场饥荒，谁都想不到她也会有饿死鬼一般的面目。

饥饿，是一种罪。

为了不让莎莲娜噎着，我爷爷把肉分成一小块一小块，小心地喂给她吃。她眼睛都睁不开，咀嚼着肉，最后还把煮肉的汤喝完了。

她这才有了一点儿力气，睁眼看着我爷爷，说："谢谢……"

我爷爷暗地里吞了口唾沫，摇摇头，表示没关系。

"可是……我吃了那么多，你怎么办？"

"我还有啊！我可是喂猪的，要猪肉还不容易吗？"我爷爷豪气干云地拍了拍胸膛，咚咚咚，他的胸膛里像是什么都没有，声音空荡荡的。

莎莲娜这才安心，闭上眼睛，回味刚才唇齿间的味道。

"你的锅脏了，我去给你洗一洗。"我爷爷提起锅，走到外面。

莎莲娜恢复了力气，想起刚才自己狼吞虎咽的模样，惭愧不已。她扶着墙出门，想去给我爷爷好好解释一下。

外面已是深夜，六轮月亮在天空悬挂，因此她的脚下也映出了六条影子，如同绽放的影之花。她慢慢地在黑夜中行走，脑中思索着怎么才能跟我爷爷解释她之前的失态。

快到我爷爷的住处时，她突然在屋后面听到了哗哗的水声，然后是吱吱的奇怪声响。她好奇地绕到屋后，在水管旁，她看到了我爷爷。

我爷爷背对着莎莲娜，蹲在地上，正在用那口锅接水。他把锅晃了晃，让水冲刷整个锅面，然后把水一股脑儿喝完。他还意犹未尽，又把锅举起来，贪婪地用舌头舔锅底。他舔得如此认真，以至于身后的莎莲娜都开始哭泣了他也没有听到。

直到那口锅被舔得干净光洁，映出明晃晃的月光，我爷爷才捂着肚子站起来。他的肚子里灌满了水，站起来的时候，居然听得到水晃荡的声音。他转过身，看到了莎莲娜。

"啊！呃，我刚才在……是在洗锅……"我爷爷大惊失色，笨拙地解释着。

莎莲娜哭泣不止。

熬过了那段艰苦的岁月，芜星人终于迎来了曙光：星舰逃出了恒星群的引力陷阱，重新出现在宇宙空间里，并且继续开拓版图。同时，星舰派出了纠察队，对饥荒时期发生的事情进行审查。

接下来发生了一系列事情，那个混吃混喝的将军被处决，他的士兵受到不同程度的处罚。而作为坚守职责的典型，我爷爷成了榜样，被通报表扬，在各殖民星球网络的首页上都能看到我爷爷略带羞涩的正面照。

这给我爷爷带来了许多好处，除了出名，他还被额外分配了一所房子。说到这里，我得再解释一下，我也不想啰唆，可是我不解释你就不知道一所房子在芜星的珍贵，也就不能理解我爷爷当时的优越性。你要知道，所有人都在进行艰苦的拓荒，晚上只能蜗居在狭小的宿舍里，躲风避雨，瑟瑟发抖。而我的爷爷，却能够在开发区拥有一套大房子，享受晨风吹拂，看尽落日余晖。

　　这优渥的条件让我爷爷受到了众多姑娘们的关注。他每天都能收到数不清的秋波和笑脸，还有姑娘们以各种名义发出的邀请。有一次，一个漂亮姑娘来到我爷爷家里，寒暄之后，天色已晚，我爷爷正要送她回去，姑娘却解开衣襟。被优化过基因的她，拥有惊人的曲线和肤色，我爷爷的鼻血一下子就像江河奔流一样涌出来。

　　"今天晚上，我留下，好吗？"姑娘用魅惑的语气说。

　　我爷爷以令人吃惊的毅力拒绝了她。他给她穿好衣服，礼貌地送她出门，一路上，姑娘的表情先是错愕，然后是羞惭，最后她低声地啜泣着。她并非水性杨花，只是希望有个栖身之所，所以才鼓起了莫大的勇气，可是却不能使我爷爷动心。

　　"不是你不漂亮，"我爷爷安慰她说，"这个房子已经有女主人了。"

　　"是谁？"

我爷爷没有回答。

尽管我爷爷没有回答，但我想你可以猜得到，我爷爷说的女主人是莎莲娜。我爷爷安顿好一切后，兴冲冲地找到了莎莲娜，询问她是否愿意搬过去住。

然而，我爷爷得到了否定的答案。

"你……你不愿意住大房子吗？"我爷爷困惑地说，"而且我也在啊。"

莎莲娜缓慢但坚定地摇头，"对不起，我怕……我怕我会住习惯你的大房子，然后就忘记了我的愿望。"

"你的愿望是什么？"

"我不想留在芜星上，我想去别的地方。这里太荒凉，太贫瘠，景色一眼就能看尽。我要回星舰上，或是去别的星球。我不能把一辈子耗在这里。"

我爷爷怔然无语。

"我知道你也不想待在这里的，我们一起走吧。"莎莲娜一把抓住我爷爷的手臂，殷切地说，"只要找到机会，我们就能一起离开。"

莎莲娜每说一句，我爷爷的心就凉一点儿。

我爷爷曾和莎莲娜在六轮月亮下长谈，曾把唯一的食物留给她吃，曾抱着安慰哭泣的她……那么多次，我爷爷都以为自己走进了这个姑娘的心。但现在，他蓦然发现，其实自己从未了解过她。

她想离开这里。

原来她每天仰望着天空，心里想的是怎样逃离。原来她那晚来到山坡上，并不是随意走走，她只是听说了我爷爷当年劫持飞船的英勇事迹，想找一个愿意离开的同伴……

我爷爷在爱情面前只是笨，却并不蠢，那一瞬间，他明白了许多事情。他踉跄着后退，手臂从莎莲娜手中挣脱出来，莎莲娜的指甲在上面划出了血痕。

"你……你不愿意吗？"莎莲娜的手伸在空气里，哀切地看着我爷爷。她的眼睛像是含了水，隔着空气，都能让我爷爷感受到温润的潮湿。

有那么一瞬间，我爷爷的心里产生了动摇，他也想跟莎莲娜去游历星海，见遍宇宙的种种神奇。但是，芜星的生产还未结束，所有人都不能离开。我爷爷想起了他年少时候的行为，为了离开这里，他的朋友被活生生打死。那具尸体倒在我爷爷脚下的瞬间，勇气就抛弃了他。

徐家声那双如同沉郁沼泽一样没有生气的眼睛浮现出来，如同每晚的噩梦一样，在虚空中盯着我爷爷。我爷爷打了个战栗。

"不……我不能……"我爷爷嗫嚅着，像逃跑一样飞快离开了莎莲娜的宿舍。

打那天起，我爷爷和莎莲娜的爱情之花就凋零了，它甚至还不曾绽放出芬芳。所有的爱情，如果想持久，都需要有共同的理想来维系。在当时，普遍的共同理想是建设好殖民星球，而莎莲娜的目标太高，我爷爷追不上。

我爷爷备受打击，心灰意冷，只得把精力放在工作上。那时候，他已经在生产队小有权力，负责物资的运送。

星舰回归后，给芜星送来了技术员。那些穿白色大褂的人在芜星的地表上勘探，取样，分析土壤溶液，不到一个月，就找出了饥荒的原因：芜星的环境拥有自我恢复能力，类似于负反馈调节，在经过了九代人的改造之后，它开始了反击。芜星的土壤里突然多出了一种元素，能够精准地杀死外来植物。

人类科技的伟大之处在于：它可以征服那些反抗的星球。

技术员们修改了作物的基因，使其具有芜星本土作物的种种特点，成功蒙蔽了芜星的负反馈调节。到了第二年，营地外，一片葱绿的作物漫山遍野地铺展开。

收成比往年翻了几番，粮食和其他农产品堆起来时，就像几座大山。我爷爷兢兢业业地清点物资，送上飞船，然后看着它消失在天际。我爷爷的工作态度值得肯定，尽管占了肥缺，却从不贪污受贿，一丁点儿错也没有犯。赵队十分满意，甚至想过在他退休之后，由我爷爷接手。

但我爷爷不开心。

我爷爷保留了他养猪时候的习惯，每天上下班时，都会绕道经过莎莲娜的宿舍。他看到朝霞和晚风中莎莲娜的脸，她依旧看着天空，视线邈远，表情恬静。我爷爷在她屋外一次次走过，他仰望着她，她仰望着天，目光从未交汇。

时间就在这些仰望中流逝了。

三年后，我爷爷娶了那个魅惑过他的姑娘。到了这里，你要明白，我并没有打算讲一个缠绵悱恻的爱情故事，男女主人公彼此坚守，爱情在时间的河流里孕育出芬芳什么的……那都是小说和戏剧里的人物，愿意为了爱情牺牲一切。但事实上，我爷爷只是一个普通人，想过简单的生活，每晚有人可以拥抱，一起生活，生下孩子，继续将芜星改造成宜居星球。

而莎莲娜显然无法给我爷爷这些。我爷爷不能为她等待一辈子。

其实莎莲娜的生活过得并不好，她在营地里工作，既劳且累，总是形单影只。也有男人去亲近她，但最后都放弃了——没有人能够助她实现她逃离芜星的愿景。

只有我爷爷时不时地暗中帮她，送一些物资，或把自己的配给额悄悄划到她名下。她知道这些恩惠来源于我爷爷，以她的处境，她不得不接受，但她无法向我爷爷表示感谢。很多次，她和我爷爷在路上遇见，都是面无表情，擦肩而过。我爷爷也沉默。只是在错身的那一瞬间，他总是忍不住深呼吸。他的鼻子能闻到莎莲娜头发上的淡淡香味。

两年以后，我奶奶生下了我爸爸。当我爷爷捧着那幼小脆弱的身体时，忍不住长长地叹了口气。所有人都以为他是高兴傻了，乐极而叹息，只有我爷爷自己知道，他捧着儿子的那一刻，就要开始全身心承担起家庭责任了，他不能对莎莲娜再抱有任何幻想。

在当时，我爷爷的家庭简直是楷模，有大房子，有优渥的职位，而且父慈母贤子孝，人人称羡。我爷爷辛勤持家，白天工作，晚上照料妻子，只有在深夜时才偶尔发出不为人知的叹息声。

直到那一年的秋天。

那天，我爷爷刚把丰收的粮食装进飞船，看着飞船缓缓升空。通常情况下，飞船会穿越大气层，到达外空间，然后通过虫洞跃迁到星舰所在的坐标点。但这次，飞船刚离开大地，就落下来了，飞扬起的一大片尘土模糊了我爷爷的视线。

我爷爷感到好奇，但也只是远远地看着。他要早点儿回去照顾儿子。飞船的舱门打开，几个船员押着一个人影走出来，骂骂咧咧。许多人围过去，对着人影指指点点，船员见人多，声音越发大了。

"幸亏我们船上有热扫描仪，开船前我检查了一遍，发现谷堆里有个人影……"船员得意扬扬地说，"按照联盟的法律，发现了偷逃的人，要直接扔在外空间里。这种人，总想不劳而获，不愿意付出，是集体的蛀虫！"

说着，他把抓到的偷逃者往前推搡，人群顿时发出嗡嗡的议论声。在围观者的间隙里，我爷爷看到了熟悉的脸——莎莲娜。她被船员紧紧押住，面如死灰，浑身颤抖。各种各样的目光扫视着她，她低下头，凌乱的头发如瀑布一样垂下来。

"是她啊，"有人说，"她早就想跑了，没想到今天终于忍不住，藏到谷堆里！"

"是啊是啊，这种情况，要交给赵队。惩罚肯定少不了！"

"嘿嘿，好吃懒做就是这种下场……"

……

那天回到家，我爷爷一直魂不守舍。我奶奶让他盛饭，他应承了，却拿着勺子坐在门口发呆；我爸爸尿裤子了，他去拿衣服来换，却走到了院子里，在菜园里寻寻觅觅……

这种恍惚的状态一直持续到深夜，我奶奶已经抱着我爸爸上床休息了，窗外夜色浓重，风呼啸往来。我爷爷坐在床边抽烟，地上已经堆满了烟头，不知过了多久，他猛地一拍大腿，起身就往门外走。

"停下！"我的奶奶，我那从来都是柔声细语、温婉贤淑的奶奶，突然爆发出响亮的尖叫，"你不准走！"

我爷爷停下脚步，却没有转身。

我奶奶坐在床上，手攥着被子，青筋一根根都暴了出来。她死死盯着我爷爷，一字一顿地说："你不能去。你去了这个家就散了。"

"我只是去……"我爷爷的声音很涩，像是吞了一颗苦果子，"去抽根烟……"

"你以为我什么都不知道吗？这几年，每次她有困难，你就拿家里的东西去帮她。每个月的配额那么少，我们俩都吃不够，你还暗地里转到她名下。"我奶奶扳着指头，把我爷爷拿给莎莲娜的每一样东西都说出来了。

这个沉默的女人，将一切都看在了眼里，将一切都记在了心里。她花了好一会儿才把物资的名字说完，然后说："我从来不跟你说，是因为我们是家人，我总想着你会慢慢改，最后只对我一个人好。但现在，你一旦出去，这个家就完了。你就算不管我，也要想想你儿子。"说完，我奶奶狠下心，使劲拧了一把我爸爸的屁股。

我爸爸正在熟睡，被剧痛惊醒，顿时哇哇大哭。

我爷爷依旧没有转身，迎着风，一口气把烟抽完。他吐出烟头，大步走向外面，将我奶奶的啜泣和我爸爸的哭声扔在脑后。

我爷爷独自一人在夜色里不紧不慢地走着，黑暗凝重如铁，一重重压迫着他。到了关押犯错者的禁闭室前，我爷爷停下来，深吸口气，再吐出来，然后推门而入。

"是李哥啊。"几个看守都认识我爷爷，笑着打招呼，"都这么晚了，来陪兄弟们打牌消遣？"

我爷爷摊摊手，说："一说打牌，我就手痒了。可是，赵队让我来把逃跑的人叫过去，问问她的情况。唉，改天再来跟哥几个玩几把。"

"好说，好说。"看守爽快地把钥匙递过来，让我爷爷去提人。

我爷爷押着莎莲娜，走到禁闭室外。"跟着我。"我爷爷低声说，"别说话，走路轻一点儿。"

他们没有走向赵队的住处，而是朝我爷爷上班的仓库走去。一路上，他们都低着头，路边的树木如同守卫的巨人，轮廓庞然而模糊，似乎被夜色融化了。

仓库的最里层，存放着一艘小型飞船，是紧急时用来转移重要资料的。它空间不大，只能容纳两三个人。我爷爷检查了一遍，确认线路正常，而且燃料充足，示意莎莲娜走进去。

"你呢？"莎莲娜走到舱门口，发现我爷爷没有动。

我爷爷摇摇头，说："我只能送你到这里了。"

"你不跟我一起走吗？"

"我还有家人。"

莎莲娜上前一步，抓住我爷爷的手，恳切地看着他的眼睛，说："什么都不要管了，跟我一起走吧。我知道你还喜欢我，我也会对你好的，我们一起去很多美好的地方。"

"我都快三十岁了，这些对我来说，已经很遥远了。"我爷爷再次重复，"而且我还有家人。"

莎莲娜两眼通红，眼泪在打转。

正当两人僵持着的时候，外面突然传来了纷乱的脚步声。许多人在靠近——禁闭室的看守觉得我爷爷来得有些突兀，就给赵队打了电话，赵队一听，立马就想到了这个唯一有飞船的仓库。

"你快走！"我爷爷心一沉，急声说。

莎莲娜固执地摇头，"不，你跟我一起走。"

仓库门被撞开，一群人冲了进来，领头的正是赵队。他已经年迈，但身形依旧魁梧，嗓门粗大，吼道："小李，快停下，不要做傻事！"

年少的阴影再次覆盖而来，我爷爷却不再战栗，坚定地摇头。"进去，不然就来不及了！"他把莎莲娜推进舱门，然后转身盯着闯进来的人。

"嗡"，飞船浑身一震，启动了。

"快，抓住他们！"赵队吼道。

十几个男人跑过来，我爷爷扛起一袋谷子，死命砸过去。他像疯狗一样嗷嗷叫着，冲过去顶翻了好几个人。但立刻有更多的人把他压住。

身后的飞船已经离地升起，左右摇晃着向仓库门外飞去——莎莲娜只有驾驶的基本常识，并不熟练。

"把门关上！"

男人们立刻舍了我爷爷，起身冲向库门。我爷爷浑身瘀血乌青，却翻身而起，追上那些男人，专踢他们的腿，让他们一个个都摔倒。追到最后两个人时，已经到了门口，我爷爷咬牙扑过去，抱住那两人的脖子，三个人一起滚倒在地。

那两人急了，想推开我爷爷然后爬起来关门。但我爷爷爆发了不可思议的力量，死死箍住他们，多重的拳头打在自己身上都不松手。

飞船跌跌撞撞地飞过来，穿过库门，进入了广阔的夜空。

"走啊，快走啊，你要自由，就可以拥有自由！"我爷爷声嘶力竭地喊，眼泪和血一起流下来，模糊了眼睛。多年前，他救那群猪时也这般呐喊过，只是，猪跑了还会回到猪圈里，而莎莲娜飞走之后，就会永远消失。

飞船的八架引擎全部启动，喷出来的离子束令四周灰尘弥漫。

所有人都捂住了嘴巴，仰起头，看着飞船笔直而上，逐渐变小，化为一星光点，消失在亿万星辰里。

我爷爷这才松开手臂，像一摊烂泥似的躺在地上。

我爷爷八十二岁时，芜星的改造才结束。

当星舰派来的官员们仔细检查完芜星的各处，以七比二的高票通过芜星的结束改造申请后，整个星球一片欢呼。从此以后，芜星将正式成为人类联盟的殖民星球，在星际版图上，它会以绿色的标记来标明。

宣布那天，我爷爷正躺在病床上。我爷爷坐过十年牢，独自在破旧的宿舍里度过了一生。艰难劳累、疾病缠身的他总是感觉浑身酸痛。到了晚年，他只有依靠药物来维系微弱的生命。

听到改造结束的消息后，我爷爷的呼吸急促起来，扭过头，看向窗外。

窗外，是改造过的明净天空，几行飞鸟掠过，留下清越的鸣啼。高大的建筑群拔地而起，人工树林郁郁葱葱，清香扑鼻，阴凉怡人。看着这种景象，我爷爷很难回忆起芜星当年的贫瘠模样，他仔细思索，只能模糊地想到一个姑娘的影子。

他再也没有见过那个姑娘。

有人说她成功回到星舰里，钻进冬眠机，在青春永驻的睡眠里等待拓荒纪元全面结束；也有人说她没有回到星舰，而是在一个个殖民星球间游历，见识了种种瑰奇景象，最后累了，嫁给一个愿意给她熬热粥的老实人；还有人说，她的飞船刚一到达芜星的外空间，就被陨石击中，船毁人亡，在群星间永远飘荡……

这些说法，跟我爷爷都没有关系了。

他下半生的整个生命，都用在了改造芜星上，正是一代代他这样的人抛洒了青春和热血，才使芜星的土壤肥沃起来，子孙后代才能富足安乐。所以他被我奶奶赶出家，一生凄凉，孤苦伶仃，却总是能够找到活下去的勇气。

我爷爷死后，我亲手将他的骨灰盒放进公墓。这儿埋葬着几百万拓荒者的尸骨，每一个都有我爷爷这样的故事，只是我不能一一叙述。我爷爷在他们中间，将得到永恒的安息。

我离开墓园时，回头凝望，百万个墓碑都在渐暗的天色里静默着，只有晚风在吟唱。

宝贝宝贝我爱你 / 赵海虹

养娃游戏

　　老板召我的时候，我正和宝宝玩捉迷藏。

　　我饶有兴味地将光标拖到门背后，点了一下，屏幕上的视角顿时一百八十度大挪移，变成了我从门缝里向外窥视宝宝——他挥动小胖手，那只手摇摇摆摆，忽左忽右，之后从我狭窄的视线里完全消失了。我好奇心顿起，正打算从躲藏的地方探出头去，突然屏幕上出现大大的红色炮弹提示："你被发现了！"随后切入宝宝从我身后扑上来、紧紧抱住我脖子的画面。我笑出声来，这是我生平第一次如此喜欢电脑游戏。作为一个设计软件程序的苦力，我居然极少沾手电玩，这是我的同事完全不能理解的。现在让我玩兴正浓的是一款叫"养宝宝"的网络游戏，其宗旨是让没有孩子但又想拥有亲子之乐的人体会到养孩子的乐趣。不，我从来没想过要养孩子，玩这个游戏是老板派下来的特别任务。拿着工资玩游戏真是惬意，但老板肯定意不在此，不过才3天，这不，已经要切入正题了。

一只手搭在我肩膀上，拍拍，又拍拍，终于不耐烦了，"小胡子，你昏头了？"

"别吵，我在养孩子。"

沈大姑娘的脑袋呼地绕到我和屏幕之间，一双弯弯的眼睛直瞅着我："上瘾了？让你家蓝子生一个去，老板这会儿正召你呢！"

我小心翼翼地把宝宝抱上婴儿床，盖上婴儿被，轻轻合上门，保存好今天的活动积分，然后退出。

我把双手倒插在裤子后袋，应召而去，背后传来沈大姑娘的冷笑："最讨厌这种无聊的人，有种的话，真的养个孩子去，有那么容易吗？把孩子当玩具，这种游戏缺德。"

老板在我面前的茶几上放上一杯咖啡。我说了声"谢谢"，喝了一口，咖啡不加奶，一粒糖，略带苦味。老板之所以是老板，确实有他的独到之处——要记得每个员工的口味谈何容易！

"小胡，游戏玩熟了吗？"老板面带微笑地问。

"刚上手，不过很有意思。"

"我们公司已经和爸爸爸公司签下了合约，买断了'养宝宝游戏'的开发权。上层决定以'养宝宝游戏'一代为基础，开发全息影像版本，增加游戏的真实感，从而大大增加它的吸引力。"

"好主意，"我兴奋地把咖啡杯在桌沿上一敲，"全息的养宝宝游戏和现在的二维版本相比，绝对是质的飞跃！"刚才这一敲，飞溅而出的咖啡点子落在了我的蓝衬衫上，我低头擦了一下，也冷静了下来，"但是现在 99.9% 以上的网络用户还在使用旧有的台式机、笔记本和掌上电脑，全息电脑和以此为基础建立的全息网络还只传播于一个很小的圈子。在全息网络上运行的游戏作为一种商品可能没有多大的市场，而升级版的研发投入一定高得惊人，是否会得不偿失呢？"

"市场方面的情况不用你担心。"老板悠然自得地在摇椅上舒展身子，"全息网络是互联网发展的大势所趋，即使三五年内不能收回成本，这个游戏的升级版本也依然要做。知道现在用全息网络的大多数是些什么人吗？"

我点点头："既有钱又有文化的少数精英。"

"知道这些人里有多少人不想生孩子或至今没有孩子吗？"

我摇摇头，按我现在的薪水，不管网费怎么降，再过十年我本人也不一定用得上全息网络。除了商业调查表，我并没有多少途径了解那个阶层。

"36.476%。"老板的脸上浮起一丝得意，"想不到吧？即使只占全球网络用户的千分之一，这个基数乘以 36.476% 也超过百万了。而且，作为在全息网络上运行的游戏，理所应当可以提高收费，提高五十倍是合理的吧？如果可以把潜在客户也吸纳进来，这个游戏的升级版本发行两年后就可以返本。"

我更加认识到老板就是老板，他雄辩的气势简直要把坐在对面的我当成那 36.476% 的顾客生吞下去。

"问题是，"我的问话怯生生的，"怎样去争取那 36.476% 的客户？还有，为什么剩下的 63.524% 就不能是游戏的潜在客户？"

"问得好。你考虑得很周到。"老板微笑着向我扬了扬下巴，以示嘉许，"即使在剩下的占比当中，也有人会接受这种游戏。比如孩子已经长大成人，脱离了父母，孤单的父母还可以回到游戏中来重拾当年的感觉。至于为什么没有孩子和不想要孩子的全息网络用户可以被争取过来，理由很简单……"

我发现老板的目光略微黯淡了："我至今也没有孩子，以后也不打算要。多年来我时时自问，自己的生命有什么意义？没有意义的人生有没有存在的必要？怀疑生命的人再去创造一个生命是很不负责任的行为。"

老板也真是的，居然和我推心置腹起来，哪天他后悔了，岂不是要把我除之而后快？我觉得手心发冷，出了一手的汗。

"这个阶层的女人一般不愿借用机械子宫生孩子，觉得不利于母子关系；但真让她们十月怀胎，又怕影响工作和形体。她们有的忙于事业，拼命搏杀，一不留神就过了好时候，想生又怕不能保证质量了，还不如不要。"

我不失时机地夸了他一句："头儿，您对市场真是太了解了。"

"我自己就在这个圈子里，除了切身体会，也听多了朋友的感叹和抱怨。人是动物，到了一定的年龄就会有生育下一代的本能欲望；但人又高于一般动物，所以才能知利弊、有取舍。小胡，游戏好玩吧？"

"嗯。"我重重地点点头。

"那是因为这仅仅是个游戏。游戏程序的设计师了解怎样让玩家开心，尽量简化养孩子的难度，强调它的乐趣。如果和真实生活中同样麻烦，谁还来玩这个游戏呢？"

"明白了。"我隐约猜到了即将下达的任务。

"亲子游戏升级的全息版本由你来负责。原先制作过全息游戏的研发一组全部人马归你调配。"

"头儿，"我既感恩戴德，又有些诚惶诚恐，"头儿，谢谢您瞧得起我。但这事情太大，我怕……"

"今天下午我就让他们给你家送一套全息电脑，欢迎你加入全息网络用户群。当然，所有上网费用由公司负责。"

我的下巴都要掉下来了。那可是我垂涎已久的设备，倘使家里也装上一套，我就不必总为赖在公司的全息网景房里迟迟不归而和蓝子三天两头地吵架了。

"升级产品如果成功，可以为你个人折算 10% 的技术股；还有，你们那个部门主任的位置还一直空缺，如果你有兴趣……"

我努力用右手握住颤抖的左手，结果是两只手一起抽风似的打战："我……头儿，为什么是我呢？"

"你技术过硬，上一次的设计很成功。我一直看好你，小胡。"老板凑过来，拢了一下我的肩膀以示亲近，"怎么样？"

"我……我愿意。"我猛地一挺胸脯，觉得一股昂扬之气从胸腹间直向上冲，"一定做好！"

老板左眉微挑，悠然吐了一口气："这就对了，今天就谈到这儿吧！"他居然又亲自为我拉开门，"顺便给你一个建议：一代产品的设计过于简单粗糙，升级时要把各种生活细节具体化。如果脱离了实际经验，几乎无法着手。"刚走到门外的我定住了。

"让蓝子生一个吧！"老板此刻脸上甜蜜的笑容在我眼中顿时变得无比虚伪，它如同一个气球在我脑海中膨胀、膨胀，然后"砰"的一声炸裂了……

人的一生中会有几个不同的阶段，每个阶段有不同的主题。生小孩不是我这一阶段的主题。

人的一生中总有梦想，我曾梦想过当诗人、演员、政治家，甚至比尔·盖茨，但从未梦想过做一个父亲。

吃饭的时候，我望着蓝子出神。她额边的一缕头发挂在低垂的左颊前方，因为略带自然卷，像一条细细的小黑蛇在那里跳动。

性感。因为蛇像女人妖娆的纠缠。生孩子也不是蓝子这一阶段的主题。我们好上的时候就共同约定不要孩子，现在反悔是不是有点儿背信弃义？

蓝子抬起头，乌溜溜的黑眼珠一转，手中的筷子已经点到了我的额头："你……你的魂儿呢？"她横扫过来的眼神几多哀怨。不好，才不过大半年的时间，她怎么就活脱脱成了个怨妇？

虽然我现阶段的主题不是当爸爸，而是建功立业，但我的这一主题却要靠当爸爸才能获取。我这个行当的竞争非常激烈，我不干也自有别人愿意干，但这么好的机会也许再也不会有了。至少接下这个活儿就先有了一套家用型的全息网络电脑，不必老在公司拖堂，多少也可以缓解与蓝子的矛盾。所以，我这样做也是为了蓝子。

"唉，我在想好事呢！"我难得的好脾气倒让蓝子惊诧了。她放下筷子，瞪着我："什么好事？"

"头儿送了我一套全息网络电脑，已经装在我书房里了，待会儿我领你去瞧瞧？"我觍着脸，一副要巴结讨好她的样子。

"啐，我当是什么呢！"蓝子扔了个白眼，但嘴角却偷偷地往上翘。

"喏，这以后我就可以多在家陪你了。"我放柔声调，"要不，我们就此一鼓作气，再添一口？"

蓝子听后立马站起身来，拾起自己的碗筷："这是哪儿跟哪儿呀，没事儿别乱开玩笑。"

"玩笑嘛，你当什么真呢！"我有点儿慌神，只好就这么糊弄过去了。

老板给的期限是两年，两年内要做出亲子游戏的升级换代版本就必须尽快让蓝子生一个孩子——用机械子宫既方便又不痛苦，时间上还可以控制。孩子未出生的几个月里，我可以全力进行游戏的纯技术改造，等孩子落了地、对养孩子有了真切的感受，我就可以在剩下的一年多时间里不断写入新的游戏程序，加强细节，扩充内容。对，时间不会浪费，现在的关键问题是要说服蓝子。

坐在新改装的全息网络电脑房里，我更坚定了劝诱蓝子的决心。宝宝的影像在我面前的空间里渐渐膨胀，长成一个真正的孩子般大小。他肉嘟嘟的小圆脸向我慢慢地贴过来，几乎要贴到我的脸上。

"宝宝乖，宝宝亲亲爸爸。"我的声音就是命令。

于是，宝宝的嘴唇嘟起来，向前一努，那是空气中奇异的信息粒子在我脸颊上一次轻微的撞击。

脸颊上痒痒的，我忍不住笑出声来，心头也像有一条热乎乎的小虫在扭动。

养个孩子不好吗？

真想让蓝子来玩这个游戏。不过，升级版本至今才完成了这样一个动作，而且细节部分还未能完善：比如更加真实的婴儿皮肤的触感，婴儿爬行时嘴里发出的无意识的声音，婴儿皮肤特有的气息，等等。既然是在全息网络上做，就一定要发挥全息网络声、色、触、嗅的全面传输功能，不然如何收取五十倍于普通网络的使用费？

而且，绝不能让蓝子知道我在设计这个游戏。她太聪明了，一旦怀疑我是因为这个任务而有什么想法，就一定不会同意生孩子了。

两天后，我请师兄上兰桂坊用晚餐，明言是要讨生孩子经。师兄的孩子今年一岁半，正是满地爬的时候。他一边夹菜，一边摇头晃脑地说："你确定你真的想要？"

"是，是。"我捣蒜似的点头，"喝酒，喝酒。"

"别，"他推开我递过去的酒杯，"小祖宗不喜欢，我可不敢沾。"

我一怔。

"你呀，"师兄一边嚼，一边慢条斯理地说，"要抓住女人的心理。女人也是动物，到了这个年龄，母性本能很容易泛滥。不过，现代的女人考虑太多，考虑来考虑去就不肯生了。如果肯用机械子宫倒还方便一点儿，两人一起去一趟医院，过八个月就可以去抱个孩子回家。如果不肯体外育子，就会有妊娠反应，体形变坏，脾气变差，一家人都不得安宁。”

我很有点儿后悔，觉得师兄是利用今天的机会来诉苦的。他好像察觉了我的不悦，换成了和缓的口气，问：“你真的想要孩子？”

“是。”我埋头喝酒。

“蓝子那个人我知道，感情用事，给点儿刺激没准儿就冲动起来，我来帮你设计。”

我迟疑了一下，“不过，如果热劲儿过去了，她会不会后悔……”

师兄的眼珠瞪得快凸出来了，直冲着我，像在审讯：“孩子生下来又后悔的事是常有的，问题在于你，你是想要的吧？”

我应了一声，胸口有点儿闷。

“那不就结了，我是在帮你考虑，兄弟。”他得意地一舔嘴唇，“交给我。”

周一中午我特地请了假，带蓝子去医院探朋友。说是朋友，其实是师兄公司里的一个女同事，上个星期刚生了孩子。我带去一个硕大的花篮，结果蓝子一路直瞪我，怀疑产妇是我的前 N 任女友。

那个虚弱的女人躺在病床上对我们微笑，师兄之前已经和她打过了招呼。蓝子一进产房就安静了许多，只有那双眼睛仍骨碌碌地转个不停，上上下下地打量着。

"谢谢你们。"女人浮肿未消的脸陷在病床的白枕头里，也许是错觉，她的笑容很温柔，让人想到圣母玛利亚。

"为什么要这么吃苦，不是可以用机械子宫吗？"蓝子牵着她的手轻声问道。

"为了抢功劳呀！"女人喜滋滋地笑，"我比他爸爸多出十个月的功劳。"她轻轻拍着床侧的小婴儿床。

蓝子绕到婴儿床边，凝视着襁褓里的小东西。

我心头一跳。多么小的婴儿！不，应该说婴儿就是这么小，同我在电视上见到的飞鸟的幼雏、初生的小猫，甚至刚出窝的粉红色的小耗子像是同一类的生物。幼小的生命都是一样的吧？

有关宝宝的程序确实太过粗糙。我要牢牢记住今天的感受，下午回去就修改程序的细节。今天还是很有收获的。触感，还有触感。我伸出一根手指，小心翼翼地碰了一下婴儿的脸蛋。那样轻柔细薄的皮肤，一触就轻轻地弹开……天！要把这样的感觉写入全息软件的程序是何等的挑战！

我回过神，留意到身边的蓝子也在发呆，她双手扶在婴儿床的两边，仿佛要整个占有这个空间。

婴儿深红色的脸皱皱的，薄薄的小嘴轻轻地咂巴着，眼睛忽然睁开了，眼珠子上下左右地转动，像两粒透明的黑色玻璃珠。蓝子悠悠地叹了一口气，眉眼中滋生出一种我从未见过的神情。

"是什么感觉呢？"她问，像在自言自语。一旁的产妇笑出声来："很有成就感呢，你也生一个吧！"

蓝子听了有点儿出神，但再也没有接话。

这些天我忙得快散架了。我要让宝宝像一个真正的婴儿那样慢慢长大，让它拥有真正的婴儿一样的外表、触感和气味。这简直就像是我在生孩子，不是吗？是我在创造这样一个活生生的电子婴儿，我是他的父亲和母亲。

上次去医院探班有了点儿效果，蓝子这段时间比较沉默。我也没有精力去揣摩她的心思。而且师兄的计划才进行了一半，我急也没用。

这个周末的晚上，师兄一家人要来做客。晚饭刚结束，蓝子就忙开了，收拾房间，布置客厅，还在大茶几上铺满了水果和点心。

师兄到的时候是蓝子去开的门，防盗门的摄像镜头里最先显示出的就是一张巴掌大的小圆脸——她正坐在父亲怀里兴奋地扭动身体，扬起袖珍的手掌向镜头的方向扑打，好像知道这里有人在看她似的。

客人被请进了门。家里的结构是错层式的，上下两个功能区由四级楼梯相连。于是，这个叫花妮的小精灵把全部热情都投入上下这四级楼梯的运动中去了。

我偷偷留意她的步态。她已经基本把握了身体的重心，但仍有一定程度的左右摇摆，像一种动物，对了，是鸭子。如果要把这种行动特征转化成游戏中的具体程序命令呢？我大脑主管运算的区域飞速运转起来。

蓝子更离谱了，干脆由我招待客人，她自己一屁股坐在楼梯最高的第四阶上，笑眯眯地看着花妮乐此不疲地上上下下。

嫂子在一边指示道："妮妮，让阿姨抱一抱。"

那个穿着大红裙子的小丫头扑到蓝子怀里咯咯直笑，一对羊角髻来回地晃动。她花瓣般的小嘴吐出一连串古怪的声音。蓝子一边搂着孩子很淑女地微笑，一边轻轻摇晃自己临时用双臂搭就的摇篮。

师兄远远地看着，忽然启动了遥控功能："妮妮，和阿姨好一好！"

话音刚落，孩子翘起的小脑袋就如同一颗小炮弹，嘭地撞上了蓝子的脸，嫩嫩的小嘴巴贴着她，就一直一直那样贴着，口水濡湿了蓝子的半边脸颊。

蓝子一直挂在脸上的淑女式的微笑消失了，换成了一种白日梦般的茫然。一直在仔细观察的我和师兄飞快地交换了一个眼色。

我们都知道，感化工作大功告成了。

干本行的时候，我很少觉得自己手这么笨。明明知道该做成什么样子，却怎么也做不成。这种感觉太失败了。

嘴，那种婴儿的嘴。我想让宝宝也有一双花妮那样娇嫩的嘴唇：薄、轻、暖，又像花妮那样会黏人。

全息网络的高能粒子可以传输各种各样的信号。只要我能把我了解的感受转化为一种可写入的程序，用恰当的手法表现出来就可以了——而这怎么会这么难！

我不得不承认造物主的伟大，要造一个电子婴儿都难成这样，而这种神秘的力量不仅造出了几十亿人类、千万亿种动植物，还造就了浩瀚无边的宇宙群星。

有人在喊我的名字，虽然我锁上了书房的门，但仍然可以听到那个愤怒的声音。

我叹了口气。保存，退出，关机。我推开门，迎向错层的楼梯上站着的那个孕妇。她的体型比原来大了两圈，浮肿的脸上浮出深褐色的、浅黑色的斑点，简直不像是我原先认识的那个人了。

我还记得五个月前她也是站在这个台阶上，带着忐忑不安的表情试探着问我："胡子，你有没有觉得我们家需要一点儿变化？"

那时候，我还要强压住心头的狂喜，装模作样地问："怎么了，难道我们现在还不够好吗？"

如果时间之轮能倒回到那个关键的时刻，我一定会对她随后提出的建议做出冷静的修正。我会对她说，想生孩子可以，但一定要在医院委托机械子宫体外孕育。那么，今天的一切麻烦根本就不会发生了。

"你这算什么？成天躲着我，一钻进你的电脑房就舍不得出来了！"蓝子一边说话，一边发抖，"我告诉你，姓胡的，我怀的孩子不是我一个人的！"

听了最后一句，我顿时心虚，走过去拢住她的肩膀，"好，好，我陪你，我们到外头去吃饭。"

"你还知道人要吃饭啊！我看你都被电脑收了魂！"蓝子一扭身子，拳头雨点般地敲在我的胸膛上。

"我道歉！我道歉！我改过不行吗！你别哭了好吗？"我好声好气地哄着她。这个搁在我肩上嘤嘤哭泣的脑袋像一个神奇的泪水制造机，我的衬衫立刻被浸湿了一大片。我那个活泼鲜亮的丫头到哪里去了？我吞进一声叹息。哎，这样的日子快结束吧！

孩子出生的那一天，我隔着产房的门听到了她的第一声啼哭。之前，蓝子很固执地拒绝让我进手术室。

"医生都说了，我在一边握着你的手会有帮助。"我觉得自己主动提出这个建议已经很尽责了。

"我不想让你看到我难看的样子。反正是无痛分娩，不用担心。"她虽然如此坚决地把我挡在产房门外，但坐在外面的长椅上，我依然听到了她痛苦的呻吟。

在她的挣扎与我的等待之间，我逐渐开始质疑自己作为一个人的基本品格。如果蓝子生孩子是因为她想要，那么我呢？我是发自内心地想要一个孩子，还是仅仅把他当作工作需要的一个仿制样本？

蓝子用自身的血肉造就了这个孩子，可是我呢？我无力的双臂机械地向前伸，捧起这个温软的小东西。我为她做了什么呢？我用自己的脑汁造就的是另一个也许不能称之为生命的婴儿——宝宝。宝宝才是我的孩子。

一个趔趄后，我向前平视的空洞目光落入了蓝子那双黑洞般幽深的眸子。原来，她一直在用如此热切惶急的目光期待我的肯定，但我令她失望了，此刻她已经深深受伤。不管我再怎么大惊小怪、大呼小叫地为自己有了一个这么漂亮的女儿而兴高采烈，她眼中熄灭的期待再也没有被点燃。

在外人眼里，我对自己的女儿有着空前的热情：我会不厌其烦地抚摩她的小面孔，直到护士把我拉开；我会用实验室式的入微观察来探寻她每一寸的细节；我热衷于用自己的双臂搭成摇篮，不停地晃啊晃，心里默默掂量着如何在游戏中恰如其分地表现一个婴儿的重量。

"这个爸爸多么细心！"同屋来探产妇的七姑八婆们感叹说。

蓝子的眼光静静地射到我身上，眼神里表露出怀疑。我应该怎样唤回她的信任呢？我觉得无力，也许是因为心虚。

蓝子产后没有奶，脾气有点儿暴躁。我小心翼翼地不敢招惹她。她有半年的产假在家养孩子。于是，她总要和我争抢，好像孩子是她一个人的。她整天抱着小娃娃在房间里晃来晃去，我在每天"深入生活"之后，便把自己埋进改装成全息网景房的书房里。

养宝宝游戏又有了新突破，对婴儿的睡相、哭声、笑声以及一些无意识的小动作，我都有了新的认识。

贝贝（我女儿的小名）在睡着的时候喜欢摊开手脚，虽然穿了厚厚的衣裳，她却依然那么爱动。我经常在她熟睡的时候站在睡床边观看，我很难相信这个小兽般混沌未开的、时常扭来扭去的小东西，是我身上掉下来的一块肉。记得小时候，母亲经常说，你是我身上掉下来的一块肉。相对地，父亲就无法有这样的感受。母亲和孩子之间的感觉是父亲无法替代，也无法超越的。所以，我在蓝子面前总觉得自己像是一个伪家长，我不知道是否很多当父亲的男人都会这么想，还是因为我的情况特殊。

贝贝半夜饿醒就大哭不止，我已经接连半个多月没睡踏实过。我简直无法想象，那样小的一个东西，怎么就能持之以恒、锲而不舍地制造那么多的噪声。

上周末我很累，刚沾着床铺，全身快散架的骨头刚刚得了一点儿舒展，不远处的小床上，贝贝忽然就哭开了。那哭声不知有多少分贝，即使是聋子只怕也被吵醒了。蓝子连忙起身把她抱了起来，摇晃了两下又交到我怀里，"你来，我去调奶粉。"

"白天喝了这么多，她怎么还没够！"我嘟囔了一句。

"胡子，这也是你的女儿，你这人怎么这样没耐心！"蓝子没心情和我多吵，便进了厨房。我在那里勤勤恳恳地做人工摇篮给贝贝催眠。"呜——哇——"她张大没牙的嘴，完全没有要安静的打算。"你这个小精灵！"我头疼得要裂开，真恨不得把她扔了，我算是明白了为什么老板说亲子游戏的关键之一就是要简化和弱化困难，如果和真的一样，还有哪个冤大头愿意受这个罪！——结果到头来，冤大头是我！

后来，我索性就搬到网景房里去过夜，也正好可以加班赶制新游戏的程序。网景房隔音效果好，外头哭成什么样我也听不见。承载着声音、颜色、气息、味道和触觉的电子信号弥漫在整个空间里，它们瞬息万变，又都在我的掌控之中，我用它们汇集成一个活生生的婴儿，一个叫作宝宝的婴儿。

宝宝讨人喜欢的地方就在于他的乖巧，即使是偶尔的顽皮也是有节制的，不会哭到让你的脑袋爆炸。宝宝的身体柔软而温暖，带着一点点奶腥气，如所有的婴儿一样，也同我家的那个婴儿一样。宝宝笑起来的时候会打嗝，胸脯一挺一挺的，像卡通电影里的小动物。笑声是无意识的，甚至是没有固定声调的，忽而嘻嘻笑，忽而哈哈笑，脸上配合的表情则更是有趣，有时是顽皮，有时是试探，有时是不好意思。是的，那就是我家的小孩——我女儿贝贝的笑，我把它整个移植到了宝宝身上。会这样笑的贝贝是蓝子生出来的，而会这么笑的宝宝是我设计出来的；后者才让我有真正的造物者的自豪。

我沉迷于我的工作，我热爱我的宝宝。我设计了很多新的细节，养宝宝游戏的二维版里全然找不到的细节，比如吐奶：用奶瓶给贝贝喂奶的时候，她喝得急了，之后就会吐奶，花瓣般的嘴唇一张就"噗"地喷出乳白色的奶液，斑斑点点地溅在嘴边，再一次，"噗"地涌出的奶液就顺着嘴角流了下来，这时蓝子就连忙用柔软的小毛巾把贝贝的嘴巴擦干净，以防奶液灌进贝贝的脖子里去。这个工作我也做过，但也许贝贝不喜欢我，我刚擦好，她又咳了一下，"噗"地喷了我一脸。脸上糊的液体带着淡淡的腥味儿——我不喜欢牛奶。

老板告诉过我，游戏太顺不好玩，即使是养宝宝，如果没有一些小烦恼作为调剂，并不能真正激发人长久的兴趣。所以吐奶这种小细节是必不可少的。所以，我在网景房里一次又一次地调整各种程序数据，设计出一次又一次喷奶的强度指数并测试，又一遍一遍地让电子流模拟的奶液以各种不同的方式喷到自己的脸上，反复调整液体的黏度、气味，让它更接近于真实。我也会不无自责地想到，当我自己的女儿贝贝把牛奶喷到我脸上的时候，我是那么不耐烦，可是一旦当它成为我工作的一部分……

"咚咚咚！"有人在敲门，不，简直是打门。震耳的敲门声打断了我的思绪，也破坏了全息网络营造的亦幻亦真的美好气氛。我恼怒地保存了工作成果，下网，关机，开门。

出乎我意料的是，这次我面对的并不是一个激动的怨妇，而是一个焦急的母亲。

蓝子怀里抱着孩子，蓬乱的头发披散着，像是刚刚下床，还来不及梳理，而且眼睛红肿，眼神慌乱。"胡子，贝贝发烧了，怎么办，怎么办呀！"

"怎么办？先别急，不就是发烧吗？"我探手过去，在贝贝的小额头上一搁。

滚烫。

我缩回了手，心里一紧。我看到她的小脸通红通红的，整个额头都皱了起来，眉、眼、口、鼻挤作一团。这个小小的脑袋，只有我的拳头那么大，她是在承受着怎样的痛苦才露出这样的表情？也许是身体太虚弱了，即使如此她都没有哭闹。此时，我发觉自己的态度是冷酷的。也许面对了太多宝宝生病的状况，那不都是在我掌握之中的吗？只要我配些电子药品，按设定的程序给药，马上就能让宝宝重新笑起来。

可是，贝贝不是一个电子婴儿，面对着生病的她，我只是一个手足无措的父亲。

"送医院，赶快送医院吧！"我的语气也失去了平静。

"那你还愣着干什么！"蓝子一跺脚，我才意识到自己身上还穿着舒适的居家睡衣。

我冲进卧室去换衣服的时候，听到身后的蓝子说了一句话："胡子，现在我们娘俩儿一天都见不着你几面。"

我回过头，她的表情很平静，有点儿伤感，但并不失态。我一时语塞。

在医院的吊瓶下面，我和蓝子一边望着床上挂吊针的贝贝，一边进行着异常冷静的交谈。

"我想是我错了，"蓝子说，"你还没有准备好做一个父亲，而我只顾自己的感受，就冲动地做了母亲。"

"别这么说，"我觉得自己很虚伪，"我也是支持你的。"

"那就算你心意到了。但实际上，你的心理还停留在无忧无虑的青年时代。一人吃饱，全家不饿。想工作就一口气干上好几天；想休息了，嫌孩子吵闹，也不到上面来睡。高兴就来看我们两眼，不高兴就把自己关进书房，两耳不听门外事。"

"最近我对你们关心太少，是我不对。"我还能说什么呢。

"看看贝贝，她还那么小……"蓝子用手指轻轻拨开贝贝紧锁的眉头，好像那是一个衣服褶子，抹一抹就能熨平，"这么小就吃这样的苦头……"她的眼泪一串串地滴下来。

随着她的目光，我看到扎在孩子脑侧的针头。孩子才三个月大，血管太细，打点滴要扎头部，这是我现在才知道的。孩子脑袋小，明明是平常的针头，看上去却显得特别粗大。我不敢去触摸那个看上去如此可怕的针头，我只是凑过头去轻轻地吹，"呼——呼——"，好像这样就能减少贝贝的痛苦。

蓝子哭出声来，在我背上捶了一下。

我仰头冲她苦涩地一笑。我知道这次她又原谅了我，但是我无法原谅自己在这个时候忽然冒出来的念头：

把这个写进程序？

写，还是不写？

婴儿抵抗力弱，高烧引发了肺炎。贝贝在医院住了大半个月，花掉了我大半个月的薪水。老板很慷慨地把医药费和住院费都给我报销了，他说这也算工作开支，而我并没有拒绝，也没有为这句很刺耳的话向他抗议。

我是一个庸俗的男人，要为生计和前程着想，如此而已。当然，我并没有告诉蓝子，因为我无法解释老板超乎寻常的慷慨。

在接下来的大半个月里，蓝子飞快地恢复到产前的体形，这简直是一个奇迹。原来一个母亲为孩子担心的时候可以消耗掉那么多的心力和体力。这时，我又发觉贝贝对于她，和宝宝对于我的不同。贝贝只有一个，失去便无法复得，宝宝却是永远不会失去的。所以我不会为我的电子婴儿感受到如此的焦急、伤心和绝望。这种区别的存在正是这种游戏得以开展的原因，但也是因为它，我才失望地感到，自己原来并不能与真正的父亲相提并论。

贝贝出院以后，我痛改前非，不再因为怕烦住在书房里，也不再把"父亲"当作一种工作之外的附加身份。我开始尝试用真正的耐心来关爱和我有血缘关系的这个活生生的孩子。因为我知道她只有一次生命，而那生命是如此娇嫩而脆弱。

岁月如梭是个多么老的成语，一转眼我当父亲已经有一年多了，蓝子已经重新开始上班，家里请了一位有经验的中年妇女做保姆。贝贝已经学会说话了。不，确切地说，是学会了一些非常简单的词汇。比如"妈妈""爸爸""好""不好"……所以她经常用她还不稳定的语言系统组织出诸如"妈妈好""爸爸不好"之类的短语。

为什么爸爸不好？我也不知道。是否婴儿有一种成人已经失掉的分辨能力，她能够感受到母亲给她的亲情比这个嘻嘻哈哈的父亲付出的要真挚得多？而每次当我以一种测试的心态把她举起来摇晃，试探地观察着她对各种肢体语言的反应时，她圆溜溜的黑眼珠会忽然一滞，从那棕色的瞳仁里，射出戒备的眼光。

也许是我多心了，我真的觉得那是戒备。就好像蓝子，我觉得她也并没有真正放松对我的警惕。她内心深处依然怀疑我嫌弃这个孩子，自我第一次抱起刚出世的贝贝的那一刻起，她就没有停止这种怀疑。

然而在外人的眼光中，我们是个近乎完美的幸福家庭。妻子美丽聪慧，丈夫温柔体贴，双方的工作都很出色，孩子也是漂亮乖巧，一切都是那么无可挑剔。以至于我老板经常自夸说是他让我拥有了这样的家庭。当然，我会低下头说："是，是，这还真要感谢您呢！"

"养宝宝"游戏全息版的试行版本推出之后，市场的反应很强烈，现在已经有30%的全息网络用户注册了这个游戏，估计这个数字还会不断上涨。现在，我接受了游戏从试行版本到正式版本的改进工作。一旦推出正式版本，公司就打算将游戏上市，那时，就可以兑现我10%的技术股了，倘使出售，估计可以让我的存款额加一个零。

我依然可以在家工作，一边看着女儿贝贝，一边做着婴儿宝宝。左右是保姆带孩子，我并不费事。

那天下午，保姆许阿姨家里临时有事，向我请假要出去一趟。我也不在意，说："那你去吧！"

"胡先生，你呀进书房不要老是锁着门。要不就把贝贝一块儿带进去，不然孩子在外面如果出点儿什么事情，你听都听不到！"许阿姨出门时叮嘱我。

也是。我觉得她说得有道理，上卧室去看了一眼贝贝，她正坐在卧室的地毯上兴致勃勃地吮手指。她把大拇指塞在嘴里，咕嘟咕嘟地不停地吸着，口水顺着指根流到了手腕处。如果是蓝子看到了，一定会把孩子的手抽出来打手心。可我不，我把她的手指抽出来，抱她去卫生间，好好地洗了洗她的小手，然后说："好，现在可以了。"

贝贝抬头看我，很认真地想了一想，然后说："爸爸，好。"

我带点儿恶作剧地一笑，心想：蓝子如果看见不知会有多生气。我抱着孩子下了楼，把她放在书房外的沙发上。进书房后，我还特意把门开了一条儿缝，一旦孩子这边有什么事情，我也可以有个照应。

我开了机，上了网，调出了"养宝宝"的程序，开始工作。忽然间我来了灵感，给游戏新添了一个小细节：如果宝宝吮手指，应该怎么办？选择一：打手心；选择二：把宝宝的手指都抹上黄连；选择三：给他洗干净手，让他继续吮。

这算是溺爱了吧？不，我想了一想，又加上一条：给他洗干净手，再把他的手指涂上蜂蜜，让他继续吮。

我都被自己的创意逗乐了，这就是游戏，游戏可以这样不负责任，完全不必理会是否会让孩子养成不良的生活习惯。

忽然，我愣住了，我是否能分得清游戏和生活？

我教育贝贝的时候是否能明确地区分她和宝宝的不同？

没有！我没有！

游戏中的宝宝在兴致勃勃地吮着手指头，吧嗒吧嗒的馋样让人不禁想到他指头上的蜂蜜一定很甜。

我听到"咿呀"一声，一扭头，书房那开着一条缝儿的门被顶开了，贝贝扭着小身子挤了进来。她是什么时候从沙发上下来的？怎么下来的？是摔下来的吗？摔疼了吗？我居然没有留意。当时我第一个反应是生气："你怎么进来了，我的小祖宗！"

我连忙跑上前去，弯腰想把她抱起来，她却伸出一只藕节般的手臂，指向某个方向，脸上的表情惊异而愤怒。是的，那是愤怒，那是小孩子固有的直觉。她一直觉得这个家是她的，这个爸爸也是她的，但是现在忽然有人来抢了！

我回头看到空气中的宝宝，我那电子信号组成的宝宝。他和贝贝差不多大小，有着一模一样的粉红色脸颊，花骨朵似的小嘴，黑水晶似的眼珠，和两寸长的、漆黑柔软的头发。

贝贝急速扭动身体向前移动，带着士兵在战场上冲锋的架势，几乎要笔直地撞进宝宝的电子身躯里去。

"贝贝!"我怒喝一声。随后我看到了非常惊人的场面:两个孩子,一个是有血有肉的真人,一个是电子信息流汇成的游戏人物,居然互相扑打起来了。而又惊又恼的我居然不知道该帮哪一边好!

贝贝是不会吃亏的,因为她是一个真孩子。宝宝在触感上的存在是一种模拟状态,他即使打了贝贝,也只会像搔痒一样,不会有痛感。而贝贝不管怎么打宝宝,对他也不会有真实的影响,因为他的任何感受,都是一种游戏设定,他的痛,他的哭,都只是设定中其应有的表现而已。

但在当时,我确实迷糊了,我不知道自己该怎么办,我也不知道自己该帮谁好。宝宝和贝贝两个婴儿的哭叫声叠加起来,分贝高得吓人,我的头都要炸裂了,手也不知道该往哪儿搁。记忆中仿佛从来没有遭遇过这样的尴尬。

"宝宝……"

"贝贝……"

"真见鬼,我关机不就得了!"我嘟囔着关掉了全息网络电脑,哭闹的宝宝顿时从房间里消失了,只剩下贝贝还坐在那里抽泣。

"好了,好了,是爸爸不好。"我把贝贝抱在怀里,轻轻拍着她的后背。不经意地抬头,就遇见了蓝子冷得像南极冰川一样的目光。

"啊！"我吓了一跳。

"怎么了？"蓝子静静地说，"害怕了？做了亏心事？"

"没有，没有，"我掩饰地笑笑，"我在玩游戏呢！你怎么回来得那么早？"

"许阿姨给我打电话，说有事走开了。你看孩子我不放心。还真是，如果不是我提早下班，还看不到这样的好戏。"

"你什么意思！"因为心虚，我只能发火。

"孩子还给我。"蓝子把贝贝从我手里抱走了，紧紧搂着，好像怕什么人来抢似的。她仰头四顾，"我想呢，这些怎么来得那么容易。"

"你听我解释——"

"有什么可解释的。你以为我不知道你们公司最近做了个什么东西！你以为我一点儿也不关心你的工作？我只是没有想到，你真的能这么无耻。"蓝子说得心平气和，一点儿也不激动，因此才更可怕。

"蓝子，我不明白你在说什么。"

"你都明白，别不承认。"

"孩子是你说想生的！"

"瞧，嘴脸露出来了吧。"蓝子冷笑道，"我要的孩子，我当然不会推卸责任。你放心，我不会赶你走，这里是你的工作室。我和孩子走。"

老天，我怎么就这么倒霉！我重重地把脑门撞在墙上。

"别做戏了。这么多年，我第一次看清你是什么样的人。"

蓝子走了，带着贝贝走了，只把我一个人甩在了这里。

我不知道是应该怨自己晦气，还是承认自己咎由自取。

偌大的家顿时空了，冷清得没有一点儿声息。

贝贝的笑声仿佛还在空气中回荡，她那天真又娇憨的童声听上去像一个天使。蓝子似乎还坐在楼梯的最高一阶，她经常把贝贝放在自己身边，并排坐着，回忆当年师兄指挥他女儿做过的那件触动她的事件，然后向着贝贝甜蜜地张开双臂说："贝贝，和妈妈好一好……"

我想念我的女儿和我的妻子。

是的，我打开了电脑，放出了那个酷似我女儿的小精灵。

——宝宝，和爸爸好一好。

——宝宝，爸爸很后悔。

——爸爸难过死了，宝宝。

——我该怎么办，宝宝？

"可是和你说有什么用！你是假的！假的！假的！"我突然生气了，激动地在流动着各种电子信号的空气中挥舞着双手，好像要撕扯掉一层并不存在的屏障。

半个月后，蓝子的律师送来了离婚书，我拒绝签字。我知道自己当时的嘴脸如同无赖。

　　我说："蓝子要怎么样我都答应，只要她带着孩子回来。"

　　"胡先生，我的当事人认为这段婚姻已经无法挽回。"律师的表情如一张公文纸，完全是公事公办的样子。

　　"那我反正是不会签字的。我要和她耗下去。"

　　"你……"律师的公文脸上终于也起了皱纹。

　　"我要她和孩子回来。"我重新说了一遍。

　　"我的当事人认为，她和你的感情已经破裂。如果你这样不通情理，我的当事人不会放弃向法庭起诉离婚的可能。何必把事情闹得那么难堪呢？"他开始晓之以理。

　　"感情破裂不是法律认可的离婚理由。我既没有感情不忠，也没有家庭暴力，上法庭她没理。我要我的老婆孩子回来。我硬是这样了，怎么着？你和我讲法，谁怕谁呢？"

　　"你……"女律师铁青着脸走了，但蓝子也依然没有回来，无论我怎样恳求，怎样赔礼，她都不愿意再多看我一眼。

　　她搬了家，换了电话，为了躲避我甚至去了另一座城市。不过现在的世界，只要你成心想找，没有什么人找不到。我天天给她写信，隔三岔五地给贝贝送礼物，她新家楼下看门的师傅都认得我了，一见我就说："贝贝的爸爸又来了。"

　　可我就是这样一个怯懦的男人，半年以后我累了，不再急于找回我的妻女。或者是，我彻底地讨厌了自己，我觉得她们离开我大概是对的。

　　游戏又要升级了，老板布置任务下来，让我来主持第二代游戏的设计工作，我接手了。公司给我配的助理是新跳槽进来的，兴致勃勃地要把他三岁儿子的趣事写成本子，进行游戏制作。

　　"为什么？"我问他，"你不会觉得你是在卖儿子？"

　　"怎么会，我觉得因为我是一个好父亲，才能设计出这样真实生动的游戏。这是我给儿子的爱的证明。"说完，他好像也觉得肉麻，不好意思地搔搔后脑勺，笑了。

　　原来是这样，倘使最初的立意是好的，这也可以是一桩好事。

　　我的心一开始就歪了，所以就做成了坏事。

　　中午休息的时候，我到大厦楼下的小花园里散步。有一个穿红裙子的小女孩正在公园中心的空地上骑小三轮车。

　　忽然，她停了车，抬头四顾，嘴里叫着："妈妈，妈妈──"

　　我走上前去一看，小姑娘右脚的小凉鞋卷进了右车轮，卡住了。

　　她娇嫩的小脸蛋让我想起了自己的贝贝。我不忍心看到这样的一张脸上露出焦急无助的表情。我说："我来帮你看看，怎么了，啊，卡住了，没关系，你搭着我的肩膀。"我蹲下身，轻轻抱着她，把她的右脚提起来，从车右侧挪到了左侧，然后，让她靠着我的肩膀，双臂挂在我的脖子上，同时我探手去把右车轮向后拨了一下，小凉鞋应声掉了下来，我把它捡了起来，拿到车子的左侧，让她的右脚落在鞋上。这其中有一个短短的瞬间，孩子的整个身体都贴在我的身上，那柔软而温暖的孩童身体让人感受到生命的新鲜。那一刻，我仿佛拥抱了生命本身。

那一刻，我把她当作了我的女儿。

然后，我看到了另一双脚，再往上是裙子、上衣和蓝子的脸。

我震惊得说不出话来。

蓝子的表情很复杂，仿佛也有一点儿感动，但在那张脸上同时写着，我们的感情已是时过境迁。她看着我，只是在看着她孩子的父亲。

我缓缓低下头，怀里这个温软的小宝贝有着一张白嫩而圆润的脸，黑葡萄般的眼睛透着机灵。她正冲我羞涩地微笑，那笑容看得我幸福得快要死掉了。

"三年，怎么这么快呀！"我呆呆地说。

"爸爸，你是爸爸。"贝贝认出我来了。

我投向蓝子的目光充满感激，她并没有像很多怨恨丈夫的女人那样骗孩子说我死了。她一定给孩子看过我的照片，否则光凭一岁多时的模糊记忆，她是不可能记得我的。

"是啊，真快。贝贝已经进幼儿园了。"她叹了口气。

我吞下胸中涌起的一声呜咽，再一次抱紧我的女儿，我说："贝贝，爸爸想你，爸爸想死你了。"

从俄国某个偏远地区跑来的寒流的尾巴于当天下午掠过我们的城市，而那时我正拥抱着我的女儿。我一生中都没感受过如此动人的温暖，生命的温暖。因为在那之前的一瞬间，我才真正发自内心地想要一个孩子。

我无知而懵懂的时代至此结束，我开始成为一个真正的父亲，即使我和我的女儿不久后又要分开。

黑匣子里的爱情 / 王晋康

异性相吸

"诺亚行动"的官方发言人迈克尔博士走上半圆形的讲台，首先向我点头示意。几十架摄像机对准他，镁光灯闪烁不停。

他的身后是一个极其巨大的白色屏幕，迈克尔强抑激动宣布道："再过一小时，'诺亚方舟号'星际飞船就要点火升空了，人类有史以来对外层空间最伟大的探索行动即将拉开帷幕。请允许我向各位女士先生介绍一些背景资料。"

宇航中心演播厅里灯光逐渐暗淡，屏幕上投射出深邃的宇宙，随着镜头逐渐拉近，一颗颗星星飞速后掠，看得我头晕目眩。等我睁开眼，镜头已定格在一颗白色的星星上。

迈克尔的声音似乎是在太空中飘浮："这是距地球 5.9 光年的蛇夫星座中的巴纳德恒星，星等 9.54，天文学家已发现该星系有两颗行星。据估计，这里应该是近地太空中比较适合人类居住的地方。'诺亚行动'就是要实地考察这两颗行星，为宇宙移民做好前期准备。"

"该飞船上有两名乘客，保罗先生和田青小姐，或者称他们为保罗夫妇吧，因为他们马上要在这里举行婚礼了。'诺亚行动'的重要目标之一，就是要在另一个星系上完成人类在地球上的生殖繁衍过程。所以，当他们在 1000 年后返回地球时，飞船上将增加一两名可爱的小乘员。"

讲台上一盏小灯亮了，把迈克尔的轮廓投射在暗淡的背景上。同屏幕上浩瀚深邃的宇宙相比，人是何等渺小！

一名女记者站起来笑道："飞船的半程是 500 年，如果在航行过程中不中止生命的话，这名小乘客回到地球时已是 500 岁高龄了。请介绍一下飞船上保存生命的技术。"

迈克尔笑道："这正是'诺亚行动'得以实施的关键技术之一。科学家们已淘汰了落后的生命冷冻法，代之以更方便、更安全的'全息码保存法'，局内人常戏称为'黑匣子法'。

"这要从 85 年前的一位科学怪人胡狼博士说起（注：胡狼的情况见拙作《科学狂人之死》）——不过，请允许我首先介绍一位德高望重的前辈，她是胡狼博士的生死恋人，龚古尔文学奖得主，120 岁高龄的白王雷女士！"一束柔和的灯光罩住我的轮椅，会场上爆发出了波涛般的掌声。我微笑着向台下挥手致意。

啊，胡狼。

85 年来，这个名字一直浸泡在爱与恨、苦涩与甜蜜的回忆中。我已经是个发白如银、行将就木的老妪了，但咀嚼着这个名字，仍能感到少女般的心跳。

这就是千百年来被人们歌颂的爱情的魔力。

近几十年来，科学家们声称他们已完全破解了爱情的奥秘。他们可以用种种精确的数学公式和电化学公式来定量地描述爱情，可以用配方复杂的仿生物制剂随心所欲地激发爱情。我总是叹息着劝告他们："孩子们，不要做这些无意义的工作了，你们难道不记得胡狼的教训？"

但他们总是一笑置之，对一个垂暮老人的守旧和痴呆表示宽容。

掌声静止后，迈克尔继续说道："85 年前，胡狼博士发明了奇妙的人体传真机，可以在几秒钟内对一个人进行多切面同步扫描，将信息用无线电波发射出去。接收机按照收到的信息指令，由一个精确到毫微的装置复制出一个完全相同的新人。

"不幸的是，在一次事故中胡狼博士和他的发明一起毁灭了。经过几代科学家孜孜不倦的探索，终于重现了这种技术，并做了一些重大改进。比如，扫描得到的信息并不是用无线电波发射，而是用全息码的形式储存于全息照片中，需要复原人体时再由机器读出。这种方法更为安全可靠。喏，就是这样的照片。"

他举起一块扑克牌大小的乳白色的胶片。大厅里一片喧嚷。尽管对这种技术大家都有所了解，不过，当看到一个活生生的生命可以压缩凝固到这么个小方块上时，不免发出感叹。

那名记者再次站起来，笑道："这种生命全息码如何保存？希望它在长达 1000 年的旅途中不会出现什么意外，否则我将控告你犯有过失杀人罪。"

记者们哄笑起来。迈克尔骄傲地指着面前一个小小的黑匣子，说道："请看，这就是保存胶片的匣子，它也即将成为保罗夫妇的洞房。这是近代最先进的技术之一。黑匣子的材料是钨的单晶体，厚度像一张薄纸，但密度极大，超过了白矮星的物质密度，其原子排列绝无任何缺陷。黑匣子密封后可以安全地抵挡任何宇宙射线。哪位先生如果有兴趣，请来试试它的重量吧！"

一名记者走上台，用尽全力，才勉强把黑匣子搬起来，累得满脸通红。在哄笑声中，他耸了耸肩膀，跳下台。

迈克尔笑道："我想大家对生命全息码保存的安全性不会再有疑问了吧。现在，"他提高了声音，"保罗先生和田青小姐的婚礼开始，我们请德高望重的白女士为他们主婚！"

乐声响起，天幕上投影出五彩缤纷的流星雨。一对金童玉女缓缓推着我的轮椅，走到天幕之下。男人身穿笔挺的西服，英俊潇洒，目光清澈；女子身披洁白的婚纱，清丽绝俗，宛如天人。他们静静地站立在我的面前。

我微笑着扮演牧师的角色，我问保罗："保罗先生，你愿意娶田青小姐为妻，恩爱白头，永不分离吗？"

保罗微笑地看着新娘，彬彬有礼地答道："我愿意。"

"田青小姐，你愿意嫁保罗先生为夫，恩爱白头，永不分离吗？"

田青小姐抬头看看男子，低头答道："我愿意。"

人们欢呼起来。两人同我吻别，在花雨中，新郎搀着新娘缓缓地走向右边的一道金属门。在那儿，他们将被扫描、储存，然后他们的本体将化为轻烟——地球法律严禁复制人体，所以生命全息码和原件绝不允许并存。而且全息码也只能使用一次，不能复制——这使快乐中含有几分悲壮。

但这件事有一些不对头！

作为女人，同时又是一个作家，我对男女之情的感觉是分外敏锐的，而且这种感觉并未因年龄耄耋而迟钝，这是我常引以为豪的事。虽然婚礼的气氛十分欢乐，但我感觉到这对新人未免太冷静、太礼貌周全，并没有新婚夫妇那种幸福到发晕的感觉。这是为什么？我的目光紧紧追随着田青，从她的目光里读出深藏的不安。新娘在金属门前停下来，略为犹豫后撇下保罗，扭头向我走来。"白奶奶，"她嗫嚅着说，"我可以同你谈谈吗？"

她的举动显然不在预定程序之内，迈克尔博士惊愕得张大嘴。我目光锐利地看着迈克尔，又看看保罗——保罗正疑惑而关心地注视着妻子的背影。我回转头微笑着对田青说："孩子，有什么话尽管说吧。"

田青推着我的轮椅缓缓走向休息室，大家惊异地目送着我们。

"白奶奶，你知道吗？我和保罗是第一次见面——除了照片之外。"田青低声说。

我惊愕地问："是吗？"

田青点点头："是的。'诺亚行动'不仅要在外星系上试验人的生理行为，还要试验人的心理行为，所以宇航委员会有意不让我们接触，以便我们在一个完全陌生的星球上，从零开始建立爱情。"

我顿时哑口无言。

"可是，这爱情又是只许成功不许失败的！"田青激动地说，"因为他们还要求我们必须试验人的生殖行为！这不是一种强迫婚姻吗？就像古代的封建婚姻一样！"

我被愤怒的波涛吞没，这些科学偏执狂！他们在致力于科学探索时常常抹杀人性，把人看作实验品，就像胡狼生前那样。科学家们自然有他们的理由，但我始终不愿承认这些理由是正当的，难道科学的发展一定要把人逐渐机器化吗？

冷静了一会儿，我开始劝解田青："姑娘，你不必担心。保罗肯定是个好男人，我从他的眸子里就能断定。你们一定会很快建立爱情。你是否相信一个百岁老妪的人生经验？"

田青沉默着："问题不在这儿。"她突兀地说。

我柔声道："是什么呢？尽管对奶奶说。"

田青凄然道："我从5岁起就开始严酷的宇航训练，我终日穿着宇宙服，泡在水池里练习失重行走，学习像原始人那样赤身裸体，与野兽为伍，靠野草野果生活。我们进行像机器一样无休止的超强化训练——你相信吗？我可以轻松地用一只手把迈克尔先生从台上掼下去。我们学习天文学、生理学、心理学、未来学、电化学、生物学、逻辑学、古典数学和现代数学，还有文化艺术，几乎是人类的全部知识，单是博士学位我就拿了45个，保罗比我更多。因为在环境严酷的巴纳德星系中，当两个人去和自然搏斗时，任何知识都可能是有用的。"

我颔首道："对的，是这样。"

田青叫道："可是我像填鸭一样被填了20年，已经对任何食物都失去兴趣了，包括爱情！我几乎变成没有性别的机器人了！等到一对男女在洪荒之地单独相对时，我该怎么适应？我还能不能回忆起女人的本能？我害怕极了！"

我怜惜地看着她鲜花般的脸庞。对一个25岁的妙龄女子来说，这个担子实在太重了。我思考再三，字斟句酌地说："孩子，我想科学家们必然有他们的考虑。我也相信你们在共同生活中肯定会建立真正的爱情。你们为人类牺牲了很多，历史是会感激你们的。但是，"我加重语气，"如果你实在不愿意去，请明白地告诉我，我会以自己的声望为赌注去改变宇航委员会的决定，好吗？"

田青凄然地看着我，最终摇摇头，她站起来，深情地吻了我一下："谢谢你，白奶奶，别为我担心！"

紧接着，一道白影飘然而去。

20分钟后，保罗夫妇的肉体已从地球上消失，他们被装入黑匣子，黑匣子则被小心地吊入飞船。马上就要倒计时了，屏幕上，洁白的飞船直刺青天。演播厅里静寂无声。

一位记者大概受不了这种无声的重压，轻声笑道："保罗夫妇是否正在黑匣子里亲吻？"

这个玩笑不大合时宜，周围的人冷淡地看着他，他尴尬地住了口。

可怜的姑娘，我想。她和他要在不见天日的黑匣子里度过漫长的500年。好在他们两人是"住"在一个匣子里，但愿在这段乏味难熬的旅途中，他们能互为依赖、互相慰藉。

进入倒计时了，大厅里整齐地回响着总指挥的计数声：

"10、9、8、7、6、5、4、3……"

计数声戛然而止，然后是持续了一分钟的可怕静默，我似乎觉得拖了一个世纪之久。所有人都知道出意外了，大家面色苍白地看着屏幕。

屏幕上投映出总指挥的头像，坚毅的方下巴，两道浓眉，表情冷静如石像。他有条不紊地下达命令："点火中止！迅速撤离宇航员！排空燃料！"

巨大的飞船塔缓缓地合拢。一群人（和机器人）像蚁群一样围着星际飞船忙碌，黑匣子被小心地运了下来，立即装入专用密封车运走，飞船中灌注的燃料被小心地排出。一场大祸总算被化解了。

我揩了一把冷汗。

一个月后，人们查清了故障原因：控制系统中一块超微型集成电路板上一颗固化原子脱落，造成了短路。

但重新点火的时间却迟迟不能确定。人们的焦灼变成怒气，尖刻的诘问几乎把宇航委员会淹没，直到八个月后，我才接到迈克尔的电话："白女士，'诺亚方舟'定在明天升空。宇航委员会再次请你作为特邀贵宾出席。"在可视电话中，他的神情和声音显得十分疲惫。

我揶揄地说："这八个月够你受吧，记者们的尖口利舌我是知道的。"

迈克尔苦笑道："还好，总算没有被他们撕碎。但无论如何，我们要为这次行动负责，为两个宇航员的生命负责。"

我叹息道："我理解你。不过八个月的时间实在太漫长了，保罗和田青是怎样熬过来呢？——也可能是杞人忧天吧，"我开玩笑地说，"良宵苦短，说不定他们已经有小宝宝了。"

迈克尔大笑道："这绝对不会发生。为了保证试验的准确性，我们对两人做过最严格的检查，保证他们在进入黑匣子前，在生理上和心理上都是童身。按照计划，他们的婚姻生活必须从到达巴纳德星系后才开始。"

这些话激起了我强烈的反感。我冷冷地说："迈克尔先生，很遗憾，我不想出席飞船升空的仪式。你知道，文学家和科学家向来是有代沟的，我们歌颂生命的神秘、爱情的神圣，而你们把人和爱情看成什么呢？看成可用数学公式描述的、可以调整配方的生化工艺过程……不不，你无须辩解。"我说，"我知道你们是为了人类的永恒延续，我从理智上承认你们是对的，但从感情上却不愿目睹你们对爱情的血淋淋的肢解过程。请原谅一个老人的多愁善感和冥顽乖戾。很抱歉，再见。"

我挂了电话。

胡狼在墙上的镜框里嘲弄地看着我。对，他和迈克尔倒是一丘之貉，甚至比迈克尔更偏执。如果85年前他能手执鲜花，从人体传真机里安全走出来，我肯定会成为他的妻子。不过，我们可能会吵上一辈子的架，甚至拂袖而别，永不见面。我们的世界观太不相同了。

但为什么在他死后的 85 年里，我一直在痛苦地思念着他？

爱情真是不可理喻的东西。

第二天，我坐在家里，从电视上观看飞船升空的壮观景象。迈克尔满面春风地站在讲台上，在他身后的大屏幕上可以看到，黑匣子正被小心地吊运过来，送到一台激光检视仪里。迈克尔说："这是宇航员登机前最后一道安全检查。其实这是多余的，他们被装入匣子前已经经过最严格的检查，黑匣子密封后自然不会有任何变化。但为了绝对安全，我们还是把黑匣子启封，再进行一次例检吧，只需一分钟即可。"

但这一分钟显然是太长了。检视仪上的红绿灯闪烁不停，迈克尔脸色苍白，用内部电话同总指挥紧急地密谈着什么。电视镜头偶然滑向记者群时，可以看到记者们恐惧的眼神。

我紧张得喘不过气，偶一回头，从镜子里看到自己苍白的面容，几乎与白发一色。保罗和田青发生了什么意外？他们是否也像胡狼一样，化为一道轻烟，永远消失了？

上帝啊，我痛苦地呻吟着。

经过令人窒息的十分钟，地球科学委员会主席的头像出现在屏幕上，也是坚毅的方下巴，两道浓眉。他皱着眉头问道："检查结果绝对不会错？"

"绝不会错！我们已反复核对。"

总指挥低声说："请各位委员发表意见。"

镜头摇向另一个大厅，100多位地球科学委员会的委员正襟端坐。他们是人类的精英，个个目光睿智，表情坚毅。经过短时间的紧张磋商，他们把结论交给主席："如果不抛开迄今为止自然科学最基本的理论约束，那么即使做出最大胆的假设，这种事也是绝对不会发生的。换言之，如果事实无误，它将动摇自然科学最基本的柱石。"

主席摇摇头，果断地下命令："'诺亚行动'取消，宇航员复原（他们没有死？我激动地想）——也许我们有必要先在地球上把生命研究透彻。"他咕哝着加了这么一句，又问道，"请问白王雷女士是否在演播厅？"

迈克尔急急答道："白女士因健康原因今天未能出席。请问是否需要同她联系？"

主席摇摇头："以后再说吧。我是想，也许科学家们应该从文学家的直觉中学一点儿什么。"

30分钟后，飞船内人体复原机出口被打开，赤身裸体的保罗轻快地跳了出来——传真机是不传送衣服信息的。两名工作人员忙递上雪白的睡袍，为他穿上。

　　我兴奋地把轮椅摇近电视，我看到保罗脸上洋溢着光辉，感受到了他身上那种幸福得发晕的感觉！保罗接过另一件睡袍，步履欢快地返回出口。少顷，他微笑着扶着一名少妇出来。少妇全身裹在雪白的睡袍里，只露出面庞——满面春风的面庞，娇艳如花，深深地陶醉在幸福中。

　　我几乎像少女一样欢呼起来，我绝没料到，事情会出现如此喜剧性的转折！

　　田青娇慵地倚在丈夫的肩头，目光简直不愿从他身上移开，保罗则小心地搀扶着她，像是捧着珍贵的水晶——他的小心并非多余，再粗心的人也能看出，裹在白睡袍里的田青已有了七八个月的身孕。

　　哈哈！

　　这个过程是发生在两块生命全息码的胶片上——可不是发生在两个人身上！我颇有点儿幸灾乐祸地想，出了这么一个意外，可够那些智力超群、逻辑严谨的科学家折腾一阵子了。

外面的宇宙 / 谢云宁

致敬梦想者

引　子

"梦想者"仍在向着前方无穷尽的未知突进。

此刻，他已抵达了银河系的边缘，这里的景致远比银河系中心来得荒凉空洞，稀薄的星际气流弥散着暗淡而苍白的光亮，一团团阴冷巨大的暗物质云盘桓其间，缓慢而肃穆地旋转着，宛如矗立在银河星系畔苍老而嶙峋的界石。

在他目光所及、飞速掠过的星域中，那些稀疏的、形态各异的古老星辰，在与他目光接触的一刹那，便会从原本混沌、模糊、缥缈的状态中剥离，遽然显形……这一切恍如急遽摇曳在波光粼粼水面上的破碎倒影，在汹涌起伏中逐渐平复，最终定形。从某种意义上讲，是他目光激起的涟漪勾勒出了这些星辰的面貌，进而造就了历史。

就这样，银河系最后的光亮回旋着，环绕着"梦想者"，但他没有停驻片刻，而是加速飞离了银河系。

渐渐地，银河系的力场远去了，但他能感受到，身后牵掣着自己的那个柔和的力场正在以一种不易察觉的速度增长。噢，那是整个银河系的能量正如冰川般迟缓地凝聚——这一发现让他既欣慰又怅然。

可是这一刻的他无暇感伤，他截住游移不定的思绪，继续飞驰于空寂的虚空之中，闪电般穿过前方一个个混沌未开的星系，面对亿万星辰，他只是匆匆一瞥……他已记不清楚自己这般飞驰了多少个世纪——漫长无尽的旅程已让他丧失了对于时间与空间的准确感觉，不过，他并未失去向前的方位感，以及那……最初的使命。

一九七九年，约翰·惠勒提出了著名的"延迟选择思想实验"：在浩瀚的宇宙中，我们认知星空的媒介即是来自遥远星辰、覆盖在各个频段的光子，这些光子穿越了迢迢星海，穿过复杂天体引力所构建的曲折迷宫，方才抵达地球大气层，被人类的视网膜以及天文望远镜捕获到。这些携带信息的光子是否与"双缝实验"的光子一样，最终抵达地球的路径也由人类的观察所决定呢？

二〇〇八年四月，约翰·惠勒在普林斯顿的家中去世，享年九十六岁。这一年欧阳初晴只有二十二岁，还在一所大学攻读理论物理学硕士学位的他，是从一份免费的地铁晨报上获知这一消息的——新闻的标题是"哥本哈根学派最后一位大师魂归量子世界"。那一刻，在拥挤的地铁车厢中，这个背挎行军包、体格瘦弱的年轻人，犹如被拥挤人流中的一股强电流穿过。他抬眼怔怔地望着车窗外飞逝的虚无的黑暗，过了良久，方才轻声地对自己说道："老船长走了。"

上　篇

二○一四年五月的伦敦，温布利球场，足总决赛，宇宙背景辐射温度 2.7K。

二十八岁的欧阳初晴置身在一片深红色的海洋中，他正随着四周狂热无比的球迷高举起手臂，疯狂挥舞手中的红白相间的利物浦队围巾，尽情高呼、欣喜若狂。就在一分钟前，利物浦的马斯拉德，用一脚荡气回肠的禁区外重炮轰开了曼联队守门员小舒梅切尔的十指，将场上比分扳为了一比一——此刻比赛已进入到最后的补时。

接下来，利物浦与曼联——英国足坛著名的红军与红魔——不得不精疲力竭地展开了加时赛的搏杀。不知何时起，欧阳初晴耳畔回荡起了震耳欲聋的歌声，这是利物浦的球迷齐声高唱起了《我们永远不会独行》。低沉而又充满力量感的歌声，犹如刺破乌云的纯净阳光，响彻整个温布利，"当你在风暴中前行，请高昂起你的头——"欧阳初晴也忘我地跟唱了起来，一种伟大、激越的情绪哽咽在他的喉咙。

在激昂的歌声中，三十分钟的加时赛很快过去了，两队拼尽力气，但最终，双方仍不得不接受互射点球的无奈结局。

足球场上的点球对决，残酷得如同疯狂的俄罗斯轮盘，谁也不知道哪一方会在哪一轮轰然倒地。但这一次，四轮过后双方均是弹无虚发，四罚四中。

于是比赛进到入了最关键的第五轮，此时任何的闪失都将让己队之前的努力付诸东流。曼联第五个踢点球者是摩德里奇，只见这个以脚法细腻著称、气质忧郁的克罗地亚人缓步走向了点球位，在低头沉思片刻后，缓慢助跑，挥动左脚……

足球又快又直地奔向了球门的右侧……然而，这回塞赫赌对了方向，他如一柄掷出的闪亮飞刀，提前纵身跃出，在电光石火间，用手指的最末端将来球微微推了一下。

足球急遽旋转着，偏离了初始轨道，重重地撞上右门柱内侧，弹离了门框。

在一片排山倒海的欢呼声与叹息声中，身为多年利物浦球迷的欧阳初晴呆立在了原地。不知为何，他心中并没有涌起预期之中的狂喜，相反，他感到了一丝不安。第一次现场目睹点球决胜，这稍纵即逝间、脆弱而残酷的偶然性，如此真实地呈现于他的眼前，撕裂着他的心，视野中，那个消瘦而孤独的身影，正黯然向回走着。

利物浦第五位罚球者，苏亚雷斯，面无表情地走向了罚球点。一旦他将球罚进，比赛将就此结束，象征英格兰足坛百年荣光的足总杯今年将归属利物浦，而此前摩德里奇的失误，也将成为其职业生涯一个永久遗憾。

想到这里，欧阳初晴的心止不住剧烈地跳动起来，他闭上了双眼，眼前缤纷的斑斓、人潮鼎沸的看台、夏日的金色天空，全都一一隐去了，他湿润的眼眶中，只留下阳光朦胧的碎片在震颤着；周遭的世界，则化作一种巨大而神秘的轰鸣声，紧紧地笼罩着他。

苏亚雷斯会将球踢向球门哪个方向，左上？左下？右上？右下？抑或是射向中路？种种可能性缠绕在他的想象之中，可实际上，在如此紧张的状况下，苏亚雷斯的选择更像是一次充满不确定性的赌博……

在潮水般涌起的惊呼声中，欧阳初晴恍然睁开了双眼，六比五的比分赫然呈现于球场一侧的电子显示屏上——利物浦胜出了。

远处的绿茵场上，苏亚雷斯正与队友们激情相拥。

"苏亚雷斯的球怎么进的？"他侧头望着身旁兴奋得手舞足蹈的艾根——艾根是他同一实验室的师兄，苏格兰人，同样也是利物浦的死忠球迷。

"哈哈，我也说不上来，苏亚雷斯射出的足球就像我们实验中那些发生了衍射的光子，从各个方向同时穿过了小舒梅切尔。"艾根夸张地摊开双手，以他惯有的苏格兰幽默腔调高声地调侃道。

欧阳初晴微微张开了嘴，想再追问下去，但他望着重新投入到欢呼中的艾根，最终还是没有开口。他迷惑地转头朝球场望去，在球场的中央，激动的利物浦球员高举起了银光闪闪的足总杯，绚烂的礼花在空中绽放，比赛就此完美落幕……这个时刻，可怜的摩德里奇又在哪个无人角落独自品尝失败的苦涩呢？

这一切很像是他终日捣鼓的波函数方程，波动着，如浪花般坍塌……

从始至终，他都不曾知晓苏亚雷斯踢出的足球究竟是以怎样的方式越过小舒梅切尔的手指钻入球网，但他清楚最终的结果，因为结果确切无疑地凝固在了闪亮的电子显示屏之上。

位于剑桥大学卡文迪什实验室的一座绿树荫蔽的小阁楼上，正进行实验的他还是弄不清那一簇簇光子究竟从哪一条真实的路径完成了飞翔，但是他知道，当每粒光子坠入接收者罗依的瞳孔，在她大脑神经元的海洋激起微澜的一瞬间，它们的过去就被决定了……

"欧阳，你又走神了——"一个娇嗔的声音从身旁传来，猛然将欧阳初晴从沉思中唤醒。

是罗依，她已经完成了实验，正睁着蓝眼睛望着自己，她是导师的女儿，一位个性率真的英国女孩，就读于美术系的她是来实验室客串实验对象的。"快给我瞧瞧，我的大脑究竟发生了什么变化？"罗依嚷道。

欧阳初晴忙不迭地从身旁的仪器中调出记录，这台脑成像仪通过激光分辨大脑中钙离子浓度的变化，将此前罗依观察光子流时脑细胞的活动清晰地呈现在了他们眼前。

他所进行的是著名的单电子杨氏双缝干涉实验（单电子杨氏双缝干涉实验：当一个个光子射向双缝时，透过缝之后会发生干涉现象，这意味着每个光子自身都同时经过双缝）的一个升级版本：在宽敞的实验室中，使光子产生衍射的双缝被一组错落排置的人造引力装置取代，如此一来，从激光泵出发的源源不断的单光子流，将蜿蜒前行于被强大引力源扭曲的时空——空间中重叠的引力分布决定了光子通过各条路径的概率——混沌的光子潜流与交错的重力井一同构成了一个纠结缠绕的量子系统。但对于单个光子而言，只要它尚未被观察者（罗依）观察到，就可以被认为同时从所有可能的路径穿越了空间。

闪烁的屏幕上，在最初光子尚未出发的时间里，罗依的脑细胞丛林里一片沉寂，唯有寥寥几丝光点，如同冬日夜空中的寒星，懒懒地忽闪着，但随着时间推移，光点如苏醒般渐渐地变多，不断地聚拢，并此起彼伏地闪耀，最后竟如风车般飞快地转动起来。

这一刻，罗依的大脑就如同一个群星闪耀的星系。

"天啊，我的大脑变成了一个闪光的螺旋。"罗依禁不住惊呼道。

"是的，人类的神经系统本质上也是一个相互缠绕的量子系统。就在你的目光触及由无数光子所形成的量子系统的一霎，两个量子系统形成了谐振，一种绝妙的谐振。"

"你的实验比我想象得有趣，"罗依新奇地嚷道，"我还以为只有坠入爱河的恋人才会在彼此的心灵上投下光影，激荡起涟漪，原来我们的心灵与大自然也能形成如此共鸣。"她那润湿的大眼睛闪烁出了天真的光芒。

"那也不全是，"欧阳初晴耸了耸肩，在罗依饶有兴致的目光中他感到自己的嗓子莫名地绷紧了，"应该说通过观察，我们的大脑能与那些具有不确定态的量子系统形成共振，并使其波函数陡然坍塌。不过现实中，我们恰巧生活在一个秩序井然的世界中，周遭皆是形态稳定的物体，因而无法形成宏观上的量子效应。可是，在地球以外遥远的空间中，物理形态并非物质存在唯一的形式，宇宙的绝大部分能量更可能是以辐射态存在，它们恰如一个个量子系统……"

"这又意味着什么？"

"兴许是人类的观察决定了宇宙昨日的历史。换句话说，在我们手中的天文望远镜视野未曾抵达的那部分宇宙中，或许只是充斥着无穷无尽、漫无边际的不确定态。"他急切地说道，这突来的莫名激动让他自己也感到吃惊，"我们今天的观察，对宇宙历史产生的作用就犹如去推倒一列多米诺骨牌，影响或许可以一直回溯至宇宙的最初……"

"可是，这听上去如此因果混淆，"她嘟起嘴抗议道，俏丽的脸庞写满了迷惑，"我很难去想象，宇宙的过往兴衰是由我们此刻充满随机的观察所决定。"

"站在哥本哈根学派的角度，世界上并没有一个绝对的过去是预先存在的，除非它被现在所记录与观察到。"

"这听上去太深奥，我一时也理解不了。"罗依对他淡淡一笑，笑容中似乎带着一丝倦怠，"不过从直觉上，我并不希望你的理论正确，因为你所描绘的不是一个合理有序的世界。"

"嗯，或许吧——"他含糊地点了点头，一时语塞，他望着罗依，真是可笑，他居然与眼前如此迷人的女孩交流起自己那些未经证实的虚幻理论。

于是他费劲地试图换个轻松的话题，这时他注意到窗外已是一片深浓的夜色。

"不早了，要不我送你回家吧！"他踌躇了一会儿，开了口。

"哦，不了，我待会儿还有个聚会。"罗依对他一笑，准备离去的她捋了捋耳际的碎发，像是又想起什么似的，她低垂下了眼眸，轻声说道，"星期六晚上我家院子有个露天派对，到时记得来啊！"

说完，罗依转身如精灵般轻盈地离开了，只留下久久愣在原地的他。

未来在欧阳初晴眼中，实际上是诸多不确定的叠加。

在他内心深处，有时也会对当初的选择感到奇怪，自己怎么会漂洋过海只身来到英国求学，而不是在国内按部就班地生活。从小自己就不是一个性格果断、敢于冒险的人，每次面对新环境、新事物，他总是有着天生的拘谨与腼腆。究竟是什么力量促使他来到这个异国他乡呢？这样一个在现代都市之外还散布着古老的城堡，沉默不语的史前巨石阵，壮丽的森林与山巅，秀美的田园与沼泽，海风弥散的奇异国度。

或许是他所喜爱的激情四溢的英超比赛，或许是大学时代所迷恋的曲风清澈的英伦摇滚乐，抑或是霍金、彭罗斯等人瑰丽的宇宙理论黑洞般的吸引力，但他觉得，更大的可能或许要归咎于他少年时代所阅读过的那些英国科幻小说——与充满商业意味、模式化的美国科幻迥然不同，英国科幻作家的写作风格更加清新纯粹，更趋于科幻的本质。除去威尔斯、克拉克这般深刻影响科幻进程的大师，他也十分钟爱英国新生代的作家，史蒂芬·巴克斯特，伊恩·班克斯，伊恩·麦克唐纳，伊安·R.麦克劳德，查尔斯·斯特罗斯……他们在二十世纪末期掀起的那场被称为"英伦入侵"的硬科幻复兴浪潮，让在国内仅是阅读到一鳞半爪的他已是激动不已，从而对遥远的英伦大地充满了朦胧的向往。不过多少让他有些遗憾的是，当他真正身处变化日新月异的英国，查尔斯·斯特罗斯所描绘的"奇点"并没有如期呼啸而至，而仍高悬于未来，闪闪发光，却又无法伸手触及；现实世界里，真正的科技则如陷入冰河期一般停滞不前。这甚至让他产生了一种时光错乱的恍惚感：几百年前曾经在英国这片广袤大地上演的科学与魔法、炼金术与蒸汽机针锋相对的争斗似乎正在反向重演——硬科幻的风潮正悄然退去，而J.K.罗琳笔下的哈利·波特则骑着扫帚飞掣云端，魔法的光雾从虚拟游戏、奇幻小说的交接处咝咝地漫涌出来，如泰晤士河面上氤氲的雾霭一般，与现代而古典的英国社会自然地交融在了一起。

当欧阳初晴赶到罗依的住处时，宽敞的院子已经挤了不少人，大多都是如他这般年纪的年轻人，大家一边品尝着美食与啤酒，一边在夜色中谈笑着，气氛惬意而热闹。

在院子的一个角落，一支摇滚乐队正在现场演出，他认出站在麦克风前的正是罗依，她是乐队的主唱。画着哥特妆容的她一个人安静地吟唱着，她那特有的带着慵懒音色的歌声舒缓、清澈、温暖，却又充盈着一种难以言说的尖锐的力量感……

隔着随旋律有节奏轻摆的人们，欧阳初晴远远地望着罗依，闪烁的灯光洒落在她参差凌乱的褐色头发上，那双涂画着烟熏眼影的眼眸看上去是如此遥远与迷离……

忽然，他感到身旁有人拍了一下他的肩，他慌忙转头，是艾根。

"看谁看得这么入神呢？"艾根一脸来历不明的微笑。

"噢，没啊……"他含糊地支吾道。

艾根犹豫了片刻："欧阳，你说薛定谔的猫存在几种状态？"

"两种啊，非生即死。"他不假思索地脱口而出。

"不，是三种。你想过没有，还存在这样的状态——你选择了永远也不揭开盒盖，那只可怜的猫一直处于或生或死的叠加态。"

"你想说——"

"为什么不给自己一个机会，主动去消除生活的不确定态，这或许也是给别人一个机会。"

欧阳初晴呆呆地看着艾根，他当然明白艾根的意思，可对于他，要做出这样的抉择，远比去解答一道量子物理题目要艰难得多，他可以轻松计算出量子云分布的概率，却似乎永远也追赶不上罗依的脚步——是的，他与她完全是两个平行世界的人，光彩照人的罗依无论走到哪儿都是众人的焦点，她年轻的生命总是马不停蹄地寻找下一个新奇与刺激，而他，一个平凡的外国留学生，拥有一副极其普通的东方面孔，终日执拗于外人看来玄之又玄的领域之中。不觉之间，从心底泛起的沮丧与挫败感啃咬着他。

新一轮实验的观察者是艾根，他将要观察的对象是整个夏日的夜空。

头戴脑成像仪的艾根推开了窗户。伫立于窗边的他，在铺洒进屋内的星光里凝聚成了一道高大的剪影。

接下来的时间里，他将目光投向了满布天穹的繁星。欧阳初晴屏住了呼吸，目不转睛地注视着闪烁起来的屏幕。

这一次，显示仪上呈现的内容远远超出了他的想象：艾根的大脑被自己观望无边星空的目光所激活，狂风怒号、电光闪烁的神经元网络远比之前漫不经心的观察者罗依要来得壮观。

有那么一段时间，欧阳初晴被震撼得快透不过气来，甚至觉得是艾根的观察支撑起了窗外那个斑斓的宇宙，漫天星潮恍若都伴和着艾根那缥缈跳跃的意识，交相辉映着，灿如千万初生的超新星掀起的粒子狂飙，震颤又闪耀。这一刻，宇宙与艾根似是同时跨入了相互作用的叠加态；宏观与微观，量子世界与宇宙事件原本分明的界限猝然消逝了……

"我越发相信惠勒理论的正确性，广袤的宇宙中同时存在着亿万种平行的可能事件，人类观察星空的意义则是穷尽其间所有的可能，从中遴选出一个最后成为真实的宇宙。"欧阳初晴兴奋地感叹道。

"当然这得有一个前提，"艾根转过头凝望着他，"除去地球上其他生物外，只有人类对宇宙进行了强观察，在整个宇宙范围里具有强观察能力的智慧外星生命压根儿就不曾产生过。人类独立探知星空的历史即是一部意识塑造宇宙物质的历史。起初，人类仅凭肉眼仰望夜空，对地球之外不定态作用的认知异常缓慢、低效，但天文望远镜的诞生无疑是一个闪亮的转折点，在之前月亮或许也仅是一团混合着少量经典物质的不确定函数。当伽利略在自家庭院中颤巍巍地举起自制的望远镜时，他恐怕还没意识到宇宙经典态的疆域前所未有地扩张开了，月球、火星、木星……在接下来的几百年中，又诞生出各式各样更为先进的望远镜。到了二十世纪，射电望远镜的建造、空间探测卫星的升天，人类爆炸式地拓宽了自己的视野。而你知道，'韦伯'过不了多久就要升空了。"

欧阳初晴点了点头，艾根所说的"韦伯"是即将上天服役的"巨无霸"天文探测器，被人们称为天文探测器领域的"瑞士军刀"。

这个超级探测器将如一道巨大的光环环绕在地球大气层外，以数万倍于过去探测器的分辨率不分昼夜地全方位扫描深空——其涵盖了可见光、X 射线、γ 射线、红外光等近乎所有的频段，上面甚至还安置有高能激光炮，用于摧毁可能威胁到人类安全的近地彗星。

一幅绮丽的景象不由得展现在欧阳初晴的想象中：在分辨率急增的"韦伯"视野中，原来黢黑沉滞的深空变得生动了起来，那些不定态将如阳光下的露珠般无处遁形，过去如水雾般朦胧的星辰，飞一般凝结成了璀璨夺目的钻石阵列，流光溢彩、美不胜收……

可是莫名间，欧阳初晴又感到了突如其来的一丝不安。"你说我们的观察是否需要付出某种代价？"他的声音颤抖了起来。

他的问题让艾根的目光骤然变得异样起来，他也陷入了思考，几分钟后才再次开口道："我明白你的想法，如果我们的理论成立，我们的观察行为本质上是将宇宙邈远的不定态转化为了有序态，这如同我们试图对一张拥有庞杂信息量的硬盘进行格式化，现实中，我们需要消耗一部分电能，更形象地讲，当我们想要掀开薛定谔猫头上的盖子确定其生死，我们则需要消耗蕴藏于体内的热量。看上去，每次对不定态的确定过程似乎都伴随着一次不可逆转的能量消耗。"

"如果我们的观察真会破坏宇宙间的量子存储状态，导致其能量消耗，而假设整个宇宙是一个孤立系统，那么，这些消耗能量又从何而来？又将转变至何处去？"欧阳初晴疑惑地沉吟着，忽然间，一束思想的火花在他脑中点亮：真实宇宙中是否真的存在一种神秘的闲置能量，隐匿在宇宙间那些庞大的不确定波函数间，而波函数的坍塌则会伴随这种能量的消耗……或是蜕变。

是否应在自己的毕业论文中再引入一个变量呢？他思考着。

他将目光转向了夜空，人类对星辰的遥望可能触发宇宙结构变化的想法，让他在感到惊奇的同时又多少有些不寒而栗。这种可能性背后的深远影响，一时他还无从把握。

他又不由自主地不可救药地想到了罗依。要不了多久，罗依就将离开英国去法国做一年的交换生，留给自己行动的时间已经不多了。可是要去消除弥散于他与罗依之间那暧昧的不确定态，是否也会付出某种不可预见的代价呢？他对罗依的好感或许只是自己天真的一厢情愿，如果她拒绝了他，他又该如何面对这段感情……不，他摇了摇头，无论最终是否能收获到幸福，他还是愿意鼓起勇气向罗依表白。毕竟在他心底，能够心安理得、没有遗憾地生活在一个消除了不定态的真实世界才是人生之幸。

傍晚，在校园中的一家格调浪漫的咖啡厅里，欧阳初晴与罗依面对面地坐着。柔和的光线中，他发现自己不敢正视面前那双充满雾气的瞳孔，该死的不确定态让他迟迟鼓不起表白的勇气。

他犹豫不决的心情，就如同那只活蹦乱跳的薛定谔猫。他是如此害怕掀开盖子后的那百分之五十的失败结局。

聪慧可人的罗依像是看穿了他的心思："你今晚看上去有些心神不宁。"

你就是答案，他在心中说。可是在此刻的烛光中，他只是笨拙地耸了耸肩："没什么，只是最近被毕业论文弄得有些焦头烂额。"

"我猜，是关于……"她微微皱了皱眉头，"那些不可思议的不确定态？它们即使存在，又与我们有何关系？欧阳，别让太过遥远的事物打扰到我们的现实生活。"

他木然地点点头，若无其事地微笑着，预先在脑海中练习过无数次的话语，仍久久地冻结在他的嘴角。

而此时的罗依同样也沉默了，似乎也陷入了某种思考，时间在舒缓的音乐中一分一秒地流淌着。

不经意间，远处吧台悬挂的电视屏幕吸引了欧阳初晴的视线，电视里正在直播"韦伯"天文探测器的最新进展，忽然间他有了一个主意。"我们到外面走走吧，我有一份礼物送给你。"他郑重其事地提议道。

于是他们走出了咖啡厅，来到外面空旷的草坪上，并肩站在了晴朗夜空之下。他抬腕瞧了一眼手表，距离那个时刻只剩两三分钟了。"快闭上眼睛，"他望着罗依，故作神秘地说，"等我数到三再张开，你就会见到礼物了。"

一头雾水的罗依半信半疑地闭上了双眼，星光下，她那好看的睫毛晶亮地跳闪着。

"一……二……"欧阳初晴高声记起数来，突然间，他拉长的声音顿住了。

罗依随之张开了眼睛，被映入眼帘的景象镇住了：在一片恍若白昼的光辉中，一条幻觉般的光轮叠映在了洁净深蓝的夜空中，犹如一串从地平线冉冉升起的音阶。这串音阶由无数颗晶莹闪烁的音符连缀而成，变换着格点来回地跳跃、闪耀，令所有星辰都黯然失色。

这是即将投入使用的"韦伯"打开的灯光，以这样的方式庄重地向地面上的人们致敬。人类历史的又一个里程碑，他对自己说。

从此以后宇宙的不确定态将在"韦伯"的注视下渐渐消散，而此刻……依旧混沌的个人世界，他不由得望了望身旁沐浴在皎洁光芒中的罗依，她正张大眼睛入神地望着夜空，有一种他从未见过的感动凝结在了她那张有着近乎完美轮廓的脸上。

刹那间，仿佛天上那个大家伙轻轻地推了他一把。"罗依——"接着，他终于听见自己说出了那三个让他生命的波函数免于坍塌的单词。

霎时间罗依转过身来，飘舞的金发在从天流泻而下的辉光中摇曳生姿。她一脸愕然地望着他，但很快地，明朗的笑容绽放在了她的脸上："我还以为你永远也不会说出这句话呢！"

"我会的……"他轻轻呢喃着，慢慢拉起了罗依的手，在夜空那团经久不散、令他俩毕生难忘的美丽焰火下，他俩依偎在了一起。

这一刻，拥抱着罗依的他真切地看到了有一种幸福，一种笃定此生的幸福在明亮的夜空中震颤着，彻底驱散了心底对于不确定未来的种种忧虑。

下　篇

二〇二五年，美国新泽西州普林斯顿大学。这是个阳光明媚的周五下午，欧阳初晴一个人待在办公室。在准备完一个教案后，感到有些疲倦的他起身推开了窗，眯缝双眼望着窗外光线明亮的校园——这么多年了，他仍不太适应美国西海岸过于强烈的阳光。六年前，他离开潮湿多雾的英国来到普林斯顿任教，他的妻子罗依也跟随他来到了美国。四年前他们的儿子出生了。此时已步入中年的恬静生活就如同天际那舒卷的云朵，波澜不惊，缓慢地延续着……他静静享受着这阳光下慵懒的思绪，直至视线中出现的一个黑点将他从遐想中拉了回来，他注视着这个晃动的黑点越变越大，很快成了一艘深绿色军用直升机。

最终，直升机低鸣着降落在他办公楼前的草坪上，从上面疾步走下了两位军人。几分钟后，两人出现在了他的办公室。

"欧阳教授，请原谅我们的贸然造访，我们受命带你前往戴维营，此刻总统正在等候着你。"其中一名银白头发的中年军官开口直截了当地说道，他那如镂刻于硬币之上的冷峻脸庞凝聚着某种讳莫如深的神情。

这怎么可能？他用力揉了揉太阳穴，总统怎么会找到他？他只是大学校园里一名普通的理论物理学副教授，业余写写古典风格的科幻小说，而眼前的这一幕更像是他笔下的小说情节。最后，尽管心中满是疑惑，他还是给罗依打了个电话，告诉她自己晚上无法回家吃饭，接着匆匆登上了直升机。

一个小时后，在一间富丽堂皇、能看见窗外风景的办公室里，欧阳初晴见到了总统。他礼节性地与欧阳初晴握了握手。此刻的他看上去比电视上时刻充满威严与活力的形象要显得疲惫又苍老了很多。

房间中还站着另一位神色凝重的中年人，欧阳初晴认得他，他是国会的科学顾问卡拉文。

"欧阳先生，我读过你的那些科幻小说，充满了真正激动人心的想象力。"总统脸上的微笑很是僵硬，这应当是秘书事先为他准备好的客套话吧，欧阳初晴暗自揣测道，他究竟想要告诉自己什么？"但今天，我们的宇宙正在发生的一切已经远远超越了我们的想象……"总统说道。

"总统先生，你知道，我们的地球，乃至整个宇宙，早已在科幻的历史中以各式各样匪夷所思的方式轮番毁灭过多次，"欧阳初晴斟酌着开口道，心中仍有一种挥之不去的不真实感，"所以，即使大众再难以置信的末日危机，我们都早已先行经历过了。有话尽管说吧！"

"好吧，你应该很清楚宇宙背景辐射温度的各向同性？"之前一直在一旁若有所思的卡拉文冷不丁地开口说道。

"这是个常识，也是支撑大爆炸理论的最有力的证据，无论我们朝天空的哪个方向与区域测量，宇宙大爆炸的余烬——背景辐射温度都应为 $2.7K$，辐射强度的涨落小于百万分之五。这是因为从宇宙诞生以来各个方向上的膨胀速度是大致相同的。"欧阳初晴小心翼翼说着，不知为何，这一确凿无疑的结论此刻从他口中说出让他很是不安。

"但是过去的二十年中情况发生了变化，我们所在的宇宙的背景辐射温度，在某些时间、某些方位上呈现出剧烈起伏的形态。"

"你是说……我们宇宙中的某部分物质一直在震荡？"

"你看——"

卡拉文伸出手指在空中点了点，房间立刻暗了下来，数不清的螺旋状星云浮现在了他们周围。欧阳初晴注意到一种淡红的微光闪烁着萦绕在了整个空间中——他熟悉这个模型图，这些幽灵般潜行的红光代表着宇宙无处不在的背景辐射。如果模拟出宇宙整个演化历程，最初弥散在狭窄宇宙中的必将是无比炽烈的深紫色强光，其象征着宇宙初始时超过数亿摄氏度的创世高温。在接下来的几十亿年中，伴随着宇宙的不断膨胀，能量消散，这些光亮将逐渐减弱，颜色由紫转蓝、转绿……最终蜕变为此刻房间中那象征 2.7K 温度的异常微弱的淡红色。

"这是普朗克 II 探测器记录下的某段时间中赤经 11.5h 方向上的星图，欧阳，你注意观察其中背景辐射的变化。"

欧阳初晴使劲睁大眼睛注视着空中，波澜不惊的光亮看上去并没有什么异样，但慢慢地，他视野中的一片区域的颜色渐渐变得浓了起来，令他的心随之一颤，同样不可思议的是，那块变为深红的区域竟像是灯塔迸发出的、摇晃于黝黑海面上的一束灯光，正在幽暗的空间中缓慢地移动！

"背景辐射的跌宕起伏最大到了 2K 至 3K，波动区域以某种规律迅速移动。"卡拉文有气无力地说道，房间中如梦似幻的红色光亮倾泻在了他的脸庞，他的表情上出现了一种不可名状的幻灭感。

欧阳初晴陷入了思考，是什么样的可怕力量在宇宙尺度上操控了宇宙的伸缩呢？

"暗能量……"欧阳初晴犹豫着说道。这是他唯一能想到的答案了，在这一时刻，他所看到的宇宙一隅，主宰宇宙膨胀的暗能量正在疾速消退……消退的能量或许转化为了实实在在的物质，而这些凝聚下来的巨量物质所产生的万有引力又驱使局部宇宙迅猛向回坍缩。

是的，他能想象，在模型所呈现的这片广袤而狭长的星域中，两股力量正在激烈角力，此消彼长……

"你能想象——"此前一直瘫坐在豪华沙发上的总统突然站起身，目光失焦地望着他，"你所看到的这些背景辐射温度陡然增强的星域，正是'韦伯'镜头的视野扫过的方向。"

"你是指人类的天文观察导致了——"宇宙冷酷的真相惨然闪现，他禁不住将目光转向了不远处的窗户。透过玻璃窗，他看到了横贯天穹的"韦伯"，它像隐约可辨的细线水渍般映现在夏日午后蔚蓝洁净的天空中，静静地散发着浅薄的银白色光亮。忽然之间，他脑海中浮现出了十几年前那段荒诞而纯真的岁月。

"你现在应该明白我们找到你的缘由了吧？多年前你的博士论文提到了……"他听到总统气若游丝的声音。

"是的……我知道。"他缓慢地闭上了眼睛。

具有意识的生命体的观察，使得充盈于宇宙各处缥缈的暗能量蜕变成了实在的物质，而暗能量的不断消融则意味着终有一天宇宙整体将向回坍缩，背景辐射温度将重新升高。

正如惠勒所言，观察者即参与者，我们的观察参与构建了宇宙的历史。宇宙并非人们过往认知的那样具有明确独立的历史，相反，它是一个复杂的、由无数种可能性相互纠结的整体。每一个局部无不弥散着庞杂的动态量子波——暗能量，这即是当年令他困惑不已、隐匿于不确定态中的巨大能量。由此一来，整个宇宙构成了一个自激反馈回路——生命体对于宇宙的每一次观察行为：大型天文望远镜探测，发射星际探测器，抑或是群星映现在人类瞳孔的丝丝微光，都能或强或弱地令叠加在遥远天体上的量子态瓦解，坍塌成为明确、单一的经典状态，从而缔造出这些天体唯一明晰的过去，同时还伴随着暗能量转化为经典物质的过程——这一作用是在整个宇宙量子层面进行的，因此具有瞬时、超距、不可逆转的特性。

一个月后，欧阳初晴与罗依漫步于秋日的纽约街头。在时代广场，他们迎面与一支声势浩大的游行队伍相遇了。

"我们的宇宙只有一个，别让该死的'韦伯'继续抬升宇宙背景辐射温度，点燃我们的宇宙，毁掉我们的未来——"游行的人群中各形各色的人齐声呼喊着。在他们高举的一块块标语牌上，"韦伯"的图像被狠狠地画上了黑色骷髅头，而 NASA 出品的一张张五彩斑斓的星空图片则被画上了道道触目惊心的红色大叉；熙攘的人群中，一个有着东方面孔的瘦高年轻人吸引了欧阳初晴的目光，他手中的牌子上分别用中英文写着："远方，除了遥远一无所有。"

　　远方，除了遥远一无所有……欧阳初晴在心中感慨万千地念道。他过往几十年中所追寻的远方，依旧不清不楚、摇摆不定，如今却又变得更加支离破碎、危机四伏；人类就犹如一群天生渴求光明的孩子，在黑暗中不断摸索，可谁又曾想到过一旦光线乍然亮起，整个宇宙又将脆弱得仿若蛛丝，将会在人类的注视下纷纷扬扬地破碎掉。

　　可是，人类心底与生俱来的探索欲望又如何抑制得了？

　　喧闹的游行的队伍渐渐远去了，他仍默然无语地站立在高楼的阴影中。在阴沉天空的映衬下，四周灰色的纽约大街恍若一幕色彩剥落、静止不动的舞台布景，他找不到丝毫真实生命的质感。不，仅有的生气来自依偎在他身旁的罗依。他欣慰地发现，她一直安静地拉着他的手，闪亮的大眼睛一眨不眨地注视着远去的人群，像是害怕被情绪激越的他们席卷进去似的。

　　在料峭的寒风中，他握紧了罗依的手，她的手纤柔而冰凉。

　　他只期望这紧握的双手永远都不会放开。

二〇三六年，午夜十一点。纽约昏暗的夜色中，欧阳初晴惊慌失措地驱车往家疾驰，他刚经历了一起未遂的抢劫，几名全副武装的劫匪试图攻击他的车。这几年来他一直在联合国任职，负责应对世界范围内"暗能量坍缩事件"所带来的影响。他也弄不清刚才发生的是不是一起单纯的抢劫，反正此时的社会秩序已经崩塌到了极点，整个世界就像一只不断积累怨气的皮球，不知道哪一天这个皮球就会突然爆裂。当然，事件最大的影响还是在精神层面上，林林总总的宗教门派兴起，人们在各式各样惊世骇俗的学说中寻求心灵的慰藉；而更多的人则选择了网络，毕竟在他们心中，相比令人难以捉摸的现实宇宙，他们更情愿退缩在一个让他们感到心安理得的充满规则的世界之中。

凌晨，他终于费劲地回到家，儿子已经睡着了，而卧室里罗伊还一个人沉溺在网络的世界中。惊魂未定的他虚弱地瘫坐在了沙发上，怔怔地望着罗依头戴虚拟头盔、不时身躯摇晃的背影。此刻的他是多么渴望和她说上几句话。

"罗依，罗依——"他无力地轻声呼唤着她。

终于，罗依听到了他的声音，她回头向他挤出一丝勉强的笑容，但很快又重新转身回到了刺激的网络浪潮中。

这一刻，一股不知从哪儿生出的怒气，让他猛地起身，气急败坏地伸手想要去按下虚拟终端的开关，但就在那一瞬，他还是克制住了这从未有过的可怕冲动。

然而已经迟了，罗依察觉到了他的举动，她摘下头盔，浑身颤抖地站起身来。

"罗依……对不起，你知道我那让人心烦的工作，以及刚刚经历了一场事故……"他手足无措地嗫嚅着，"可是，我弄不懂你为什么会终日沉迷于这虚幻的世界中。"

她没有开口，只是冷冷地注视着他，目光中充满了让他感到陌生的愤懑。

"你有什么资格说网络虚幻？"罗依突然激动地尖声说道，在虚拟终端屏幕发出的幽幽荧光中，脸色苍白、长发披散的她活像是从她游戏世界走出的女巫师，"什么是真实？虚拟世界远比你那些星星来得真实。你那些该死的星星，把所有人的生活都毁掉了。这个宇宙已足够病态了，我们还不能为自己寻找一个灵魂的出口吗？"

他们长久地对视着，他们无法相互理解对方的世界。事实上，这几年来"暗能量坍缩事件"沉重的阴影一直裹挟着欧阳初晴，让他身心交瘁，他和罗依已经很长时间没能坐在一起平心静气地交谈了。

"可是生活还得继续，每个人都应该尽自己的职责——"他艰难地开口。

"我永远无法像你那样超然，绝大部分人也不会。人生苦短，与其生活在一个秩序混乱的、水深火热的世界中，不如选择一个自己能够掌控的伊甸园，自由自在地生活其中……欧阳，其实我一直想找机会告诉你，在这个荒谬的世界中，我唯一想要抓住、唯一想要依靠的，就是你和我们的孩子了。你知道，我早为我们一家三口申请了辽阔的网络空间，只是你一次都不曾光顾过。"她缓慢地说着，他默不作声地听着，他能感觉到她的语气在逐渐变得柔和起来，她似乎在试图弥合僵持在他们之间的紧张气氛。

"可是目前整体上传意识是非法的——"他迟疑着说道。

"欧阳，你应该比我更清楚，信仰危机加速了意识上传技术的研究，直到今天，意识上传在技术层面已经成熟，剩下的也仅是捅破一层薄弱的旧有道德的束缚而已。你难道感觉不出来，现实社会过不了多久就将分崩离析，到那时，不论你是否愿意，人类很快都将走上整体意识上传的道路。"

"不——"他绝望地喊道，他绝不相信这是人类在这个宇宙中的最后归宿。

他转身闷声地离开了房间，一个人走到阳台，失魂落魄地凝望起了迷茫的夜空，"韦伯"早已从中消逝了，冬日的星星闪烁着寒冷又异常的光亮，一种彻骨的孤独感笼罩着他。时至今日，地球上像他这样敢于仰望星空的还有几人？尽管精确的科学模型已经得出明确的结论：单纯的人眼观察对于遥远的暗能量的影响微乎其微……

夜已越来越深，他身后房间的灯依然明亮，可他的心仍是空荡荡的，好几次他都想返身回到卧室去吻吻罗依，与她重归于好，然而心底莫名的坚持让他没有这样做。他在想，如果真如罗依所说，未来哪一天他也将意识一股脑儿地上传，此刻心中的苦闷、挣扎、渴求、煎熬，是否就能一并消失得无影无踪呢？

三个月后的纽约，联合国举行的新闻发布晚会现场。

偌大的会场聚齐了各路人马：政客、军人、科学家、宗教人士、记者，而现场画面将向各国民众同步直播。讲台上，联合国秘书长正代表各国政府向全世界宣布一系列改变人类未来的举措。在众人忐忑的目光与此起彼伏的闪光灯中，这个新西兰人的语调悲戚而又不失感染力："十一年前'暗能量坍缩'被大众知晓以来，我们不得已放弃了探索宇宙未知疆域的努力。可我们自身的社会却如同一列失控的过山车，以我们所无法掌控的方式翻滚向前。人类旧有的道德认知体系雪崩般瓦解，各种新奇的思潮在迅猛涌动。而面对这汹涌而来的一切，我们甚至无力去评判其对错。人类是否拥有选择自己栖息地的权利？近几年来经过各国政府反复而慎重的磋商，以及全世界范围内民众的投票，各国政府决定今后将不再禁止意识上传网络。同时一旦时机成熟，我们会推动全体人类的意识上传，在无垠的赛博空间上构建我们更为高效的社会……

"在科学刚启蒙的年代，我们曾满怀憧憬地以为人类的未来必然属于我们头顶上那遥远而神秘的星辰；而二十世纪后期，随着生物技术的突飞猛进，我们又将对未来的期许转向了体内那些音符般绝妙的 DNA 中；但直到今天，历经诸般曲折的我们或许才算真正认清前方的道路：人类的未来不在别处，而就在我们自己一手缔造的虚拟网络中。"秘书长缓慢地结束了讲话，最后向台下深深地鞠了一个躬，这一刻全场一片肃静，所有人都站了起来，很多人眼中都泛着泪光。这当然不是一个令所有人都满意的结局，但毋庸置疑，悄无声息间，人类在所熟悉的那个真实世界所扮演的角色就此谢幕了。全体人类将以一个全新的、面目全非的姿态继续生存在这诡异的宇宙寒冬中。

接下来的时间里，负责各项目的科学家轮流上台，向大众阐述庞大而详密的未来计划的细枝末节：在此后的数十年中，遍布于太阳系各处的空间站将重新启动，但其使命并不是观察深空，而是收集飘移于星际间的暗物质。一旦汲取够足量的暗物质，人类将运用这些暗物质为地球盖上一个硕大无朋的"盖子"，严严实实地包裹整个地球，彻底屏蔽宇宙中除引力外其他基本力对人类的作用。与此同时，为使人类活动的能耗降至最低，暗物质盖下的地表将被冰冻至接近绝对零度。到那时，一个依靠地热提供能量的网络处理器会高速运转于地心深处。可以想象，在这样一个宽阔的网络矩阵中，获得永生的人类可以随心所欲地变更形体，选择自己喜爱的生活形式。他们每天所需要做的仅是学会如何挥霍无尽的时光，他们甚至仍可以发展科技，比如研究构筑网络世界更新、更炫的数学算法，只是，这样的科技完全建立在已知理论的基础上，与外面纷扰的宇宙再无半点儿关系。

欧阳初晴默默地站在会场的一个角落，作为被大众媒体称为"旧势力"的一员，他必须承认他们已经失败、过时，虽然他们竭力捍卫过，但最终还是被狼狈地赶下了舞台。不过，这又何尝不是一次彻底的解脱？既然你无力去改变这一切。现在他最应该做的就是主动与罗依和解，结束旷日持久的家庭冷战，和她一同迎接新纪元的到来。想到这里，顿感轻松的他不由得信步走出了会场，在外面的露天酒会中找了个空位子坐了下来。

清爽怡人的夜风中，他悠然品味起杯子中的威士忌来，四周的人们在朦胧的灯光下谈笑，让他恍然忆起了大学时代读到过的一段诗句："我们拥有的尚未拥有我们，我们不再拥有的却拥有着我们。而后，我们必须在献身中得到解救。"是的，每个人都应该在放弃、献身中重获新生。他暗自微笑着，向着深沉的夜空举起了酒杯。

"欧阳——"他忽然听到身后一个浑厚的声音在呼喊自己。

他转过身，一位上了年纪的中年男人站在他的面前。"天啊——"他喜出望外地惊呼道，来者竟是艾根，他们差不多有十多年没有见面了，尽管偶尔圣诞节他们会通通邮件。他只知道艾根在他离开英国后去了欧洲宇航局，而此后他也弄不清楚他究竟在鼓捣什么。

不过，他应该料到他也会出现在这个历史性的场合才对。

在一个久违的英国式拥抱后，他微笑着打量起艾根来，艾根仍如记忆中走出一般的嬉皮风打扮：松垮的棉制蓝白色 T 恤，硕大又闪亮的白银项链，带裂口的牛仔裤，只是岁月在他依旧清瘦的面孔增添上了几笔刀刻般的皱纹，而他的目光仍是那样炯炯有神。

"怎么一个人待在这儿独自品味苦涩？"艾根微笑着给自己倒上了一杯酒。

"没有什么可苦闷的。对于我们来说，铁幕已经落下。"欧阳初晴平静地说道。

"难道你真愿永远浑浑噩噩地蜷缩在一片只存有已知的世界中？"艾根苦笑了一下，温和的目光在瞬间变得锋利起来，在他高大的身躯后，欧阳初晴看到了缀满天穹的星斗谜一般地在闪烁，当年，正是这些未知而神秘的星斗将他俩引向了宇宙的可能解。

艾根沉默着，过了好一阵才又重新开口道："你有没有想过有一天去冲破这让人窒息的铁幕？"

"你是说——"欧阳初晴禁不住退后了一步。他惊惑地望着艾根，这一刻，他分明看到满天星辰的光在他眼中扭曲地燃烧。

"这么多年来，你应该也思考过'暗能量坍缩'背后的深层意义吧——意识存在的目的究竟是什么？意识是否是作为一个不可缺席的观察者参与了宇宙的演化？冥冥之中，宇宙怎么会孤立无援地在看似平凡无奇的地球上衍生出生命？而事实上，早在三十几亿年前，当地球上最初的生命微沫——那些简单至极、漂游于太古海洋的单细胞有机物，隔着翻涌深广的海水，已经开始游丝般地改变着地球上空混沌未开的天穹，而后沧海桑田，斗转星移，又进化出人类这般拥有强大探知宇宙能力的奇特物种——"

"你想说，某种诡秘的力量在暗中推动我们的成长？使得羽翼渐丰的我们一步步走向浩瀚的宇宙深处，进而梳理宇宙纠结不清的历史？可为何如今，这种力量却又如死循环一般，让我们陷于进退维谷的境地？"欧阳初晴忍不住打断了艾根。

"谁也不知道答案。我们种族的使命，抑或是一次考验、一个契机，或许人类的提升之路需要这样的一个成人礼才能获得最后的真相。"夜色中，已不再年轻的艾根将杯中的威士忌一饮而尽，星光印在他满布皱纹的脸庞上，时隔多年，他冷静的话语仍充盈着直抵人心的震撼感，"可是今天，目光短浅的大众却选择了向着怯弱的内心不断退缩，愚蠢至极的他们竟打算给地球套上一个大盖子，屏蔽一切，作茧自缚，企图永远割断自己与真实宇宙的联系。"

"可事已至此，我们还有能力改变这一切吗？"

"我们只有孤注一掷，向着宇宙的各个方向发射大量的探测器。这些探测器搭载着人类的意识，呈放射状地向宇宙的尽头飞奔。随着探测器抵达疆域的急剧扩张，意识的观察将使宇宙涣散的量子态递次凝聚成经典物质，与此同时，当膨胀的宇宙达到某个平衡点后又将在引力作用下向回坍缩。终有一天，我们的探测器将与宇宙回缩的边界迎面相遇。想想那一刻我们会看到什么？"

"你疯了——"欧阳初晴惊呼道，那时地球上的人类将如同沸水中的青蛙，可事实上，艾根所描绘的这疯狂而又瑰丽的一幕曾不止一次地出现在他的梦境中，"你的计划如何实现得了？所有的天文项目都早已冻结，载人飞船也都荒弃了多年，更何况以我们现有的宇航技术仅有蜗牛般的几十分之一的光速。"

"我所说的这一切如今已不是空想，你也许不相信，多年前我们就悄悄动手了。此刻在太平洋的海底已不为人知地矗立起一列列火箭发射架。我们的成员来自各个阶层，从普通公民到各国政府的核心要员，但更多的还是像你我这样的科学家与退役宇航员，大家怀揣相同的梦想自发地聚到了一起。如今，我们的力量就如同燃烧在地表下难以遏制的地火，只待喷薄出的那一刻。今天，联合国做出的决定意味着我们不得不提速，我们必须赶在人类合拢天空窗口前启程。

"诚如你所言，我们的航天技术稚拙低效至极，然而一旦我们的探测器上路，漫长的旅程中我们尽可以源源不断地吸纳未知的信息，在浩渺、包罗万象的宇宙中不断地学习与提升……"

艾根深深地吸了口气，他泛红的眼中盈满了滚烫的希冀，他继续哽咽地说道："无论最后我们会揭晓什么样的谜底，这已不再重要，是的，已不再重要，重要的是，我们曾经出发过——我们曾用自己的意识触摸过宇宙的模样，我们曾用自己的方式塑造过宇宙的过去、现在、未来。欧阳，我们永远不会独行，响应内心的呼唤吧，加入我们！"

欧阳初晴怔怔地站在原地，一时间脑中一阵眩晕。他定定地望着艾根。纽约城璀璨灯火的光华倾泻在他两鬓银白的鬈发上，好似给年迈的他加冕上灿烂的光环。艾根描绘的图景重燃起他心底的渴望，尽管他并不接受艾根的理论，因为他并不希望宇宙之外还存在着一个人类无从理解的、高高在上的主宰，但在这个扑朔迷离的宇宙中，他同样热切地需要去追寻一个真相，一个不让自己生命飘散的真相。只是，他隐约知晓追寻真相所需付出的代价，他并不惧怕那永无止境的虚空跃迁以及遥不可及的时空边界，让他真正害怕的是随之而来的与罗依以及他们的孩子的可怕离别。不，是诀别——一种深重的负罪感排山倒海地向他袭来——他又如何能忍心离开他们，独自踏上茫茫的探求之路？

此刻，在这夜色迷惘的命运交叉点，他仍像是当年那个优柔寡断的年轻人，他究竟该何去何从？

二〇四一年秋天。作为最后的告别，欧阳初晴一个人驱车横穿了整个英国。充满寒意的秋风一路缓缓吹拂着。他沿途所见到的已不再是他所熟悉与缅怀的那个风情万种的英伦大地，大地上的一切都在无可挽回地走向凋敝：记忆所及的那充盈着灵性的秀美山麓、清澈纯净的湖泊，如今随处都充斥着烧焦的树木、呛人的浓雾、死去的动物尸体，而庞大的城市则是一片腐朽死寂，人烟稀少——绝大部分人都已将意识上传至网络，还有一年的光景，暗物质的沉重帷幕就将落下，遮天蔽日，到那时地球表面将彻底不再适合生命存活。

夕阳西下，欧阳初晴来到了伦敦温布利大球场。不知什么缘故，这座曾经宏伟的球场看台此刻已沦为了一片残垣断壁。荒芜的球场草坪上尽是碎裂的石块、破烂的塑料垃圾，只有两座锈迹斑斑的球门还孤零零地立在球场两侧。他径直走向了球场一侧的球门，多年前，足总杯决赛点球决胜最后一轮，曼联队的摩德里奇就是在这儿射失了点球，而利物浦的苏亚雷斯则射进点球，成为最后的胜利者。

恍然间，记忆与现实在暮色中交叠。

他缓步走进了禁区，在禁区草坪上他竟找到了一个还算完好的足球，在片刻的踌躇后，他将球端放在了点球位上。

空旷的球场四周一片静谧，在与当年同样的金色落日下，他深刻地感受着苏亚雷斯罚球前那种犹豫不定，该将足球射向哪个方位，是选择保守可靠，还是冒险刁钻的踢法？一旦射失就意味着要面对全盘皆输的巨大可能——当年的他甚至不敢看苏亚雷斯的选择。

可正如他的精神导师惠勒所说的那样，我们观察到什么，取决于我们用什么方式提问。无论未来如何悬而未决，他都应该勇敢地踢出自己脚下的足球。他退后了几步，缓慢助跑，用力地踢出了足球。

软绵绵的足球在空中划出一道弧线，缓缓地，从右侧立柱与横梁的交接处钻进球网。

是时候离开了。

在夕阳最后的一抹余晖中，他抵达了剑桥大学，这是他肉身在地球上的最后一站。

在熟悉的卡文迪什实验室的一个房间中，他进入了催眠状态。

一片绝对虚无的黑暗中，他昏沉的意识倏地融会进了一条五光十色的光流中，在跳闪的光流簇拥之下急速向前。他感到自己脑海深处的那些驳杂的记忆、在岁月中已变得无法分辨的琐碎情愫，正犹如一股股细微、湍急的支流，飞一般地离他而去。渐渐地，他的意识变得支离破碎，不再连贯，而轻盈起来的意识继续在光流中欢快地浮沉、激进，这让他感到了一种从未有过的畅然。就这样，他的意识在不断剥离中重获了新生……

忽然之间，四周斑斓炫目的光流消失不见了。

他慌忙张开眼睛。

在逐渐清晰的视线中，他发现自己置身于一片陌生的色彩明丽的开阔大地上，一棵开满粉红色花朵的大树挺立在他身旁，遒劲有力的树枝向着净蓝的天空的方向飞速地生长，更远处，华丽恢宏的高尖顶城堡与白雪皑皑的山巅被阳光镀上了一层灿烂的金色。略感失重的他能感受到弥散于清新空气中的芬芳，他不由得怔怔地伸出右手，顷刻间，一簇闪耀的光亮震颤着环绕在他的手臂四周，飘飞的花瓣雪花般轻柔地拂过他的指尖……

这里就是梦幻一般的网络世界。

恍惚间，他注意到眼前透明的空气中还有一个人形正在雾气般缓缓浮现，没过多久，一位年近暮年的男人出现在了他面前。欧阳初晴注视着这张似曾相识的面孔，他过于严肃的脸上有着太多瞬息万变的情感：苦涩、眷恋、宽慰、释然……这似乎与记忆中镜子里某一刻的自己很像……不，他就是自己。

他幡然醒悟了过来：他的上传过程与所有人都全然不同。他的意识就如衍射实验中的单个光子，在穿过光栅的一刹那被一分为二，各自飞向了截然相反的宿命轨道。眼前的"他"正是具有探求意识的那部分自我，"他"将会搭乘冰冷的探测器飞向宇宙深处。而自己，则是剩下的另一半自我，如同童话的完美结局——"王子和公主从此快乐地生活在一起"，在此后漫长无尽的时光中，他会与罗依自由地生活在这片生机盎然的网络天地中。

两个世界都让欧阳初晴难以割舍，难以放手，于是他只得将自己的人格劈成了两半。

这就是他最后的抉择。

"嗨，你好！"他呆呆地站在原地，望着另一个自己，不知道该说些什么。

"嗨！"对方也嗫嚅着。

两人又沉默了。离别的风笛声飘扬在他们之间。"我会怀念你的。"作为梦想的那部分的"他"突然开口说。

"谢谢，你是我所有的梦想。"作为现实那部分的"他"感伤地回答道，总有一天，梦想部分的"他"终将见证外面那个广阔宇宙中最壮美的奇景。不过从心底，他仍庆幸自己能保留这现实一部分的欧阳初晴。

"我想我该离开了，好好照顾罗依。""梦想者"最后抬眼望了望四周色彩缤纷的界面。

"我会的……一路珍重。"他声音哽咽地说道。

"再见——""梦想者"向他挥了挥手，晶莹的泪水闪烁在"梦想者"的眼中。

这时，四周斑驳的光线遽然摇曳起来，脚下的落叶如一圈圈涟漪般翻滚起来。

紧接着，"梦想者"消失在了一道强光中。

过了许久，他才从恍惚中回过神。不知何时，重获青春的罗依伫立在不远处的一块芳草间，在明媚的阳光下，一脸灿烂笑容的她静静地凝望着他，正如记忆中那个稚气未脱的天使。

他不由得微笑着，步伐轻快地走向了她。

此时，沸腾的宇宙早已跨过临界状态，由开放转为了封闭，整个宇宙背景辐射温度变得炽热无比。

"梦想者"继续不停息地跃迁于日渐萎缩的宇宙，纷至沓来的喧嚣的新信息令他应接不暇，也让他飞速成长。

也不知道过了多久，时间之轴终于抵达了某个时刻，他察觉到自己已然来到了宇宙的边缘，这一刻，他稳如磐石的心境激荡起了层层波澜。

亿万光年外的太阳系如今是怎样一番景象？人类是否还安然沉醉于冰封的地球内层？这一切，"梦想者"已无从知晓。遥远的往昔记忆，在他苍老而博大的思维网络中浮光掠影般地闪过，身后远离自己的星星光点缓缓幻化成了记忆深处那双碧波摇漾的眼眸。直至这一刻，他才意识到，其实这双碧眼一直都在默默注视着自己，伴随着自己前行，是在她的支撑下自己才能跨越这近半个宇宙，来到了这时间与空间的尽头。此刻，他是如此怀恋地球上的碧海蓝天，怀恋作为"人"所经历过的所有声色光影。

于是，带着深深的眷恋，"梦想者"穿过了扑面而来的那道闪亮光洁的膜，他的意识豁然开朗起来。